소리를 삼킨 그림자처럼

ARETE 총서 0004 **오유정** 에세이집 **소리를 삼킨 그림자처럼**

1판 1쇄 펴낸날 2015년 9월 23일
지은이 오유정
펴낸이 이재무
책임편집 박찬세
디자인 소은영
펴낸곳 (주)천년의시작
등록번호 제301-2012-033호
등록일자 2006년 1월 10일
주소 (04618) 서울시 중구 동호로27길 30, 413호(묵정동, 대학문화원)
전화 02-723-8668
팩스 02-723-8630
홈페이지 www.poempoem.com
이메일 poemsijak@hanmail.net

ⓒ오유정, 2015, printed in Seoul, Korea

ISBN 978-89-6021-241-1 04810
　　　978-89-6021-208-4 04810(세트)

값 12,000원

＊이 사업은 (재)대전문화재단, 한국문화예술위원회에서 사업비 일부를 지원 받았습니다.

ARETE 총서 0004

소리를 삼킨 그림자처럼

오유정 에세이집

천년의시작

책을 엮으며

일기장의 먼지를 털어내면 변색된 잉크의 기억들이 다소곳
해진다.

지금 내 앞에 의젓하게 서 있는 누렇게 변해 가던 나의 소중
한 시간들에게
흘러온 시간만큼 나아진 것이 보이는지 묻고 싶은 밤이다.

밤마다 머리맡에 두고 기록했던 마음 한편엔,
기회가 온다면 한 권으로 묶겠다는 작은 욕심도 있었다.

내 삶의 단상들이 품을 떠나 모습을 드러내는 게 두렵기도 하
지만, 이 책이 미지의 단 한 사람에게라도 미소를 짓게 한다면
더없는 기쁨이다.

2015년 9월
시원한 바람이 부는 날

차 례

제1부

아침

제2부

가을 낮을 서성이다

제3부

계족산의 상춘

제1부 아침

아침

태양도 추위에 움츠린 채 아직 잠자리를 걷어차지 못하는 아침 여섯 시. 시계의 시침과 분침이 정교한 길이의 호흡으로 또박또박 걷는 것처럼 나는 가족들의 하루를 위해 어둑한 겨울 아침에도 늘 같은 시간에 눈을 뜬다. 아직 곤한 잠에 취한 가족들의 따뜻한 시간을 방해하지 않으려 옷자락이 스르륵 흘러내리듯 잠자리를 빠져나온다.

사위는 어둠에 묻혀 있고, 어둠 속에서 으스스한 혀를 날름거리는 한기에 맞서려 잠옷 위에 카디건을 걸친다. 방문을 열고 주방으로 가는 사이 이달 초에 거실에 설치해 놓은 크리스마스트리가 반짝이며 나를 반긴다. 졸린 눈을 깜박이며 우리 집을 뜬눈으로 지켰을 트리의 불빛을 보며 잠시 걸음을 멈춘다. 거실의 불을 켜기 전, 캄캄해서 더욱 밝았을 색색의 아기 전구들과 눈인사를 한다. 바쁜 걸음을 저녁마다 내려놓고 잠드는 것처럼 전류의 흐름을 끊었다 이었다 하며 노동의 보폭을 조정하는 아기 전구들도 수없이 반짝이다 잠깐씩 멈췄다.

트리도 가쁜 숨을 고르며 눈감고 이 겨울을 골똘하게 생각하기도 하는 모양이다. 점멸을 단락이라 한다면 낮과 밤도 하나의 단락이고, 길고 긴 삶의 여정에서 잠깐씩 뒤돌아보는 시간도 단락이라 할 수 있겠다. 어쩌면 밤새 고요에 묻힌 집 안을 지킨 노고를 알아 달라고 고개를 수긋이 숙이고 쑥스러운 윙크를 보내는 모습 같기도 하다. 아무 말 없이 밤이라는 마디의 제자리를 지켜준 기특한 녀석들이다.

찬 공기가 폐부에 들어오도록 아니, 아직 덜 깬 뇌에 들어오도록 깊이 숨을 들이마시며 이제는 형광등이 시간을 이어받을 때가 되었다고 부엌 쪽 스위치를 올린다. 스위치에 막혀 있던 전류가 물밀 듯이 형광등에 뛰어들어 거실의 어둠을 밀어내고 환해지며 아기 전구에서 발산되어 뻗치던 색색의 불빛들이 다 소곳하게 트리 주변으로 반경을 좁힌다. 아기 전구들의 불빛을 벗 삼아 잠들었던 살림들이 아침을 맞는다. 밤새 집을 지켰던 트리를 좀 더 켜진 상태로 놔두기로 한다. 부산을 떨며 각자 정해진 위치로 달려 나갈 가족들을 위해 아침을 준비할 시간이다.

'음식이 없는 식탁 자체만으로도 살아가는 에너지를 공급하는 마술 식탁이 존재한다면 얼마나 좋을까' 하고 실없는 생각을 하다 피식 웃어 버린다. 오늘 아침엔 가족들에게 무슨 반찬으로 식사를 하게 할 건지, 전기밥솥에 쌀을 안치며 잠시 고민한다. 부드러운 된장찌개가 괜찮을 것 같고, 공부하느라 머리를 많이 사용하는 아들과 딸을 위해 뇌에 힘을 부어 주는 등 푸른 생선 구이가 좋을 것 같다. 반찬 준비에 대한 잠깐의 혼란은 짧은 시간에 정리가 되고, 방향이 설정되자 손이 익숙하게 움직인다.

뚝배기에 물을 담고 된장을 물에 개어 곱게 푼 후, 파를 썰고 버섯을 썰고 두부도 썰어 넣는다. 칼의 움직임 따라 도마의 소리가 경쾌하게 리듬을 탄다. 도마의 경쾌한 리듬은 숱한 세월 반복하며 숙련된 내 손끝이 내는 목소리이다. 가스레인지 불의 세기를 조절하며 냉동고의 생선을 꺼내 굽는 냄새가 빠져나가도록 환기팬을 가동시킨다. 뚝배기 속에 넣은 식자재들이 된장찌개가 되기까지 부글부글, 지글지글 우려내며 연단하는 동안, 생선을 노릇하게 굽고 몸을 뒤집어 속살까지 골고루 익힌다. 각자의 위치에서 삶을 녹여야 살 수 있는 것처럼 가족들의 몸속에 녹아들기 위해 저들은 불 위에서 땀을 뻘뻘 흘리며 세포를 철저하게 풀어놓는 것이다.

익어 가는 반찬들을 보며 식탁에 올라오기까지 얼굴을 본 적은 없어도 수고한 손길들에게 감사의 마음을 보낸다. 깔깔한 입에 아침이 걸릴 수도 있으니 국을 준비한다. 냉장고에 있는 밑

반찬들을 적당한 그릇에 담아 식탁 위에 옮기며 가족들을 깨운다. 늘 반복하는 일이지만 스스로가 대견할 때가 많다. 오늘 하루도 삶의 전쟁터에 나갈 가족들을 위해 이른 아침 소리 없는 정성을 무기 삼아 치르는 나의 전쟁을 무난하게 치러 냈다. 부엌 창문에 묻어 있던 어둠이 한 조각 한 조각 떨어져 나가는 만큼씩 부엌에서 시작된 아침이 훤해지고 있다.

동향(東向)이라서 난들에게 미안하다

　남향집에 살려면 삼대가 덕을 쌓아야 한다는 옛말이 있다. 볕 좋은 집에 살기가 쉽지 않다는 말이고, 볕 좋은 집에 사는 사람들이 부러운 것에 기인한 말일 것이다. 농촌 마을을 다니다 보면 정말 볕 좋은 곳, 집을 지으면 좋을 아까운 곳에 농사의 터전인 밭이 있고, 가옥은 조금 그늘이 들어도 옹기종기 모여 있는 것을 발견할 때가 있다. 농사를 주업으로 살아야 했기에 불편을 감수한다 해도 농사를 최우선으로 삼을 수밖에 없었던 시절의 배열이라 생각한다. 농사가 삶에서 가장 중요했던 시절에 햇볕 좋은 남향의 집을 소유한다는 것은 볕 좋은 농토가 충분히 확보된 부농일 경우에나 가능했던 것이라 추측해도 무리는 없을 것 같다.

햇볕을 잘 받은 식물들은 튼실하게 자라고 열매도 풍성하다. 식물에게 햇볕은 살아가는 힘의 원천이 된다. 녹색식물은 빛 에너지를 이용하여, 흡수된 이산화탄소와 수분을 유기물과 산소로 변환시키는 작용을 하는데 이를 광합성 작용이라고 배웠다. 사람이 코로 호흡하는 것처럼 식물도 '기공'을 통해 숨을 쉬는 것이다. 이산화탄소를 받아들이려 기공이 벌어지면 잎의 내부에 있던 수분이 증발하는데 물이 수증기로 바뀌는 걸 '증산 작용'이라 한다. 수분이 밖으로 나가는 것을 보충하려 뿌리는 물을 흡수한다. 이러한 일련의 과정을 통하여 식물은 호흡하고 체온 조절과 수분량 조절을 하며 생명을 유지한다. 식물은 광합성을 통해 영양분을 만들어 성장하며 살아간다. 햇볕 좋은 곳이 농사가 잘되는 것은 자명한 일인 것이다. 햇볕에 영향을 받는 것은 사람들도 마찬가지다. 사람들도 볕을 받으면 명랑해지고 구름 낀 날과 비 오는 날, 특히 장마 기간 햇볕을 장시간 쏘이지 못하면 기분이 처지고 우울해지는 것을 느끼게 된다. 살아 있는 생명에게는 햇볕이 없어서는 안 될 중요한 요소인 것이다.

우리 집은 동향이다. 베란다를 통해 볕이 들어오는 오전에는 활기가 있지만 그 볕을 제대로 누리기도 전에 해가 중천을 향하며 볕을 빠르게 거두어 가는 뒷자리를 그늘이 차고 들어온다. 늘 볕이 부족한 집이다. 여름철엔 해가 일찍 얼굴을 내밀어서 그나마 오전에 햇볕을 받는 양이 많아 괜찮다. 또한 오후의 더

위는 그늘로 인해 덜한 이점도 있다. 반대로 겨울철엔 해가 늦게 뜨고 짧은 오전이 지나면 볕을 빼앗긴 집 안에 그늘이 눌러앉는다. 볕을 빼앗긴 집 안의 공기가 칙칙하게 활기를 잃고 희끄무레한 시간이 길어진다.

우리 집에 들어온 난(蘭) 화분들은 아침 햇볕이라도 더 쬘 수 있는 동쪽을 향한 베란다 창가에 자리하고 있다. 부족한 햇볕으로 인한 열악한 조건이라는 걸 잘 아는 나는 그런 환경에서 살아야 하는 난들과 눈이 마주칠 때마다 안쓰러운 마음이 든다. 햇볕이 충분하지 않은 난들, 그럼에도 불구하고 푸름을 잃지 않는 모습을 보면 그들의 생명력이 고맙고 놀랍다. 햇볕을 끌어올 수 없는 내가 할 수 있는 일은 물이라도 부족하지 않게 주는 것이다. 아무리 관리를 잘한다고 해도 자생지의 자연환경보다는 형편없는 조건이 될 수밖에 없다. 자연에서 이식되어 땅을 밟지 못하는 이 높고 척박한 환경에서도 파릇함을 보여 주는 난들. 부족한 햇볕에 적응하는 장치가 그들 속에 있는 것인지, 악조건에서도 꽃대를 올리고 꽃을 피우는 생명력에 감탄을 한다. 햇볕을 받고 무색의 물만 먹고도 형형색색의 꽃을 피우는 식물들을 보면 신비하다는 말 외에 달리 표현할 말이 없다.

난 종류의 식물들은 생명의 위협을 느끼게 되면 꽃을 피운다고 한다. 난을 전문적으로 키우는 사람들은 이러한 자기 종족 보존력을 역이용해 여름철에 주기적인 물주기의 간격을 인위적으로 조절하여 난에게 고통을 준다고 한다. 난들이 생명의 위협을 느끼면 종족 유지를 위해 꽃대를 올린다. 영악한 인간들이 인위적으로 꽃을 피우기 위해 사용하는 이러한 방법을 '화아분화(花芽分化)'라고 한다. 난에게 고생을 시켜 난의 생존 본능을 자극해 극한적인 상황에서 꽃눈을 올리게 하는 방법이다. 춘란의 경우 화아분화는 장마가 끝난 7월 말경 1주일 정도 단수를 하는 방법을 널리 사용한다고 한다. 무더운 시기에 수분이 더 필요할 때의 단수는 뿌리의 물관 부분에 남아 있는 수분을 모두 사용하게 하여 생명이 경각으로 치달음을 난들이 느끼게 하는 방법이다. 꽃을 보려는 사람들의 욕심이 난에게는 힘겨운 계절을 넘기게 하는 것이다.

우리 집 베란다에서 피는 난들이 꽃을 피우는 것을 달리 말하면 햇볕이 짧고 물 관리를 못 해 준 탓이다. 종족 보존 본능을 자극해 종족 유지를 위한 난들의 절실함이 꽃을 피웠다는 말이 될 수도 있다. 내가 꽃이 아름답다고 감상을 하기보다 늘 난들에게 미안한 이유이다.

오빠를 만나고

　과거의 일은 인식된 강도에 따라 어떤 기억은 바로 눈앞에서 그 일이 이루어지고 있는 것처럼 손에 잡힐 듯 선연하고, 어떤 일은 안개 속을 헤매는 것처럼 보일 듯 보일 듯 그 이마가 보이지 않는 안타까운 것이 추억이리라. 소중한 것을 숨겨 놓고 잘 있는지 확인하고 싶어지는 마음처럼 꼭 가 봐야겠다고 생각만 하던 어린 시절의 추억이 깃든 온양에 갔다. 유년의 기억들이 손때처럼 묻어 있는 골목은 어린 시절 그대로 좁은 폭을 유지하고 있었지만, 낮은 담장의 고만고만한 지붕을 잇대고 있던 집들이 적 벽돌의 각진 모습들로 변한 모습에서 세월의 흐름을 느낄 수 있었다. 골목의 너비는 그대로인데, 콘크리트 길이 흙을 덮었고 과거에 비해 견고해진 집들은 훌쩍 높아져 있었다. 경제적인 여건의 변화와 사회 저변의 전반적인 기술력 상승에 따른 도시화가 이 좁은 골목에까지 진행되어 맨 흙을 구경하기 어려워진 것이다. 도시화는 부드러운 심성보다는 잘 정리된 모습을 추구하는 데서 각박함을 동반하게 되어 있다는 생각이 들었다. 너나없이 생활의 편익을 쫓는 시절에 이곳만 내 기억 그대로 남겨 있으리라는 것은 어이없는 욕심일 것이다.

가지 끝처럼 가느다랗던 이 골목에는 저녁마다 지친 몸을 끌어안아 주고 아침에 힘찬 모습으로 큰길을 향하게 하던 재생의 묘한 힘이 샘솟던 곳이다. 따뜻했던 유년의 골목을 되짚어 보면 부대끼며 살던 사람들의 살가운 기억들이 먼저 떠오른다. 우리 가족이 살던 골목길의 구석구석마다 정을 나누던 사람들. 사는 모습들이 엇비슷하여 좀 부족해도 흠이 되지 않아 따스하게 덮어 주던 사람들은 다들 어느 곳으로 흘러들어 갔을까? 이웃집의 부부 싸움까지도 서로를 다독이는 사랑으로 되돌려 내어놓던 이곳에 따뜻한 밤의 힘이 아직 남아 있을까?

겨울 햇살이 빛바랜 모습으로 추억의 한 페이지 한 페이지를 비춰 주는 동안 그 햇살을 내 가슴에 곱게 접어 넣고 부쩍 자란 현실의 내 모습으로 돌아와 오빠에게 전화를 했다. 내 가슴에 접어 넣은 옛 골목의 햇살들을 부려 놓고 오빠와 이야기를 나누고 싶었다. 무척 오랜 기간 망설이다 살던 곳이 보고 싶어서 오늘에야 왔노라고 말하니, 오빠는 '지금 근무지에 있는데 자리를 비울 수 없으니 근무지로 오라'고 했다.

오빠가 근무하는 곳에 도착하여 직원의 안내를 받아 2층 사무실 앞에 섰다. 친절하게 안내해 준 직원에게 고마움을 표시하고 오빠가 계신다는 문을 소리를 삼킨 그림자처럼 열고 들어섰다. 오빠는 창가 자리에서 컴퓨터 모니터에 바짝 다가앉아 공직자 재산 신고서를 작성하며 집중하고 있었다. 오빠와 눈 마주치기를 기다리는 동안에도 사무실의 햇살은 참 좋았다. 창문을 뚫고 들어오는 겨울 햇살의 온기는 왠지 나른함을 주변에 전이시킨다. 오빠의 생각에 끼어들지 않으려 조용히 서 있는 적막의 시간이 사무실을 가득 채웠다. 오빠는 골똘한 생각을 벗어나기 어려웠는지 생각 밖으로 나오는 데 꽤 시간이 필요했다. 오빠가 나를 보더니, 잠시 놀란 듯 정지된 화면처럼 어색한 표정을 짓다가 나를 반겼다. 비로소 사무실 내부의 공기가 적막에서 깨어나 살아 움직였다. 나는 오빠 곁으로 가서 밝게 웃었다. 입을 열지 않고 살짝 웃는 오빠의 곁에 서니 오빠가 보던 모니터가 내 눈에도 들어왔다. 숨소리까지 멈춘 것 같은 사무실 안에서도 1층 사무실 구석구석을 실시간으로 보여 주며 끊임없이 일을 하던 녀석이다. 재산 신고서를 검토하면서도 직원들 및 민원인들의 움직임을 다른 방에 앉아서도 볼 수 있는 세상이다.

오빠가 먼저 말을 할 때까지 기다리며 나도 오빠의 눈길을 따라 자연스럽게 모니터를 보며 기다렸다. 모니터의 화면 불빛에 노출된 오빠 얼굴의 눈 밑에 기미가 깔린 것이 내 눈에 들어왔다. 한 해 한 해를 매듭질 때마다 굴곡을 넘어가며 남긴 흔적 같은 기미들은 오빠의 요즘 생활이 썩 편치 않음을 대변하고 있었다. 기미에 파고든 생활의 무게가 입술에도 내려앉았는지 말할 때도 힘들어 보였다.

새 사무실이 깨끗하다며 말을 돌려 보려 했으나 오빠는 특별한 반응 없이 무덤덤했다. 칡즙이며 홍삼 등을 챙기면서도 이런저런 대화가 이어지지 않는 오빠와 나의 생각이 자꾸 끊어지고 있었다. 오빠 얼굴에 그늘이 점령하여 어둡게 보이는 것만 내 눈에 가득 들어왔다. 하긴, 모니터 빛이 얼굴에 투영되었을 때에도 좀처럼 밝게 보이지 않았었다. 자꾸만 끊기는 먹먹한 대화의 어색한 분위기를 쉽게 빠져나올 수 없었다. 옛 동네와 함께 가져온 이야기들은 풀어 놓지도 못한 채 다음에 다시 오기로 하고 사무실을 나왔다.

자동차를 완전히 돌리기도 전에, 배웅하던 오빠가 벌써 건물 안으로 들어갔다. 근무 시간에 찾아오는 것이 아니었다고 후회하면서 머쓱하게 차를 돌려야 했다. 오빠의 어두운 표정이 눈앞에 어른거리고 나도 모르게 울컥 눈물이 솟구쳤다. 어려서부터 오빠는 힘들다는 말을 삼키기만 했지 표현한 적이 없었다. 오빠가 뒤돌아 들어간 건물이 마치 힘들다는 말을 하지 않는 오빠의 옛 성품을 대변하듯 꼿꼿하게 서 있는 것처럼 보였

다. 오빠 얼굴의 어두운 빛이 집으로 돌아오는 내내 차창에 매
달려 쫓아왔다.

주부들

　주부의 역할도 하며 사회에서 성공한 커리어우먼이라 불리는
여성들의 성공담을 듣다 보면 자식들의 어린 시절을 같이할 수
없었던 것에 대한 진한 아쉬움이 배어나오는 것을 자주 접하게
된다. 한번 자라면 다시 돌아갈 수 없는 자식들의 어린 시절을
직장에 매여 소홀할 수밖에 없었던 후회. 직장을 갖고 주부의
역할을 겸하는 여성들은 경제적인 여유를 누릴 수 있지만 포기
할 수밖에 없는 부분들이 있게 마련이다.

　어느 것에 주안점을 두느냐에 따른 생각의 차이는 있겠으나
나는 전업주부의 길이 매우 소중하다고 말한다. 아이들이 성장
하는 과정에서 뒷바라지를 하며 사랑과 정이 깊어지고, 아이들
에게 엄마가 필요한 시기에 함께함으로 정서적인 안정을 줄 수

있다는 생각이다. 자식을 올바르게 잘 키우는 일만큼 소중한 일이 또 있을까. 결단코, 전업주부의 길이 작은 일이 될 수 없음이다. 또 엄마로서 내 아이들과 공유하는 소중한 추억들이 많음으로 가족들 상호 간에 이해와 사랑의 끈끈한 혈연을 온전히 지킬 수 있다는 생각이다. 이러한 생각들로 나는 전업주부의 길을 세상 어느 일에 견주어도 소중한 일이라고 생각한다.

아이들의 학부모 모임에서 만나 교류가 이루어지며 비슷한 나이들로 인해 친구가 된 미숙 씨, 은주 씨, 미자 씨, 영란 씨, 혜정 씨, 그리고 나를 포함한 여섯은 아이들의 성장 과정에 따라 해를 더해 가며 친분을 쌓게 되었다. 우리가 만나서 하는 일은 단순한 수다를 떨면서도 그 안에 아이들의 성장에 필요한 정보와 상급 학교 진학에 따른 정보, 때론 은근히 경쟁을 하면서 자식들을 서로 비교도 하는 친구들이 되었다. 아파트 단지 내에서 자주 만나며 알고 지내 온 세월과 함께 이런저런 가정사까지 알게 되었다. 가끔 보던 모임을 누군가의 제의에 따라 한 달에 한 번씩 만나는 정기적인 모임으로 만들었다.

오늘은 여섯이 모여 아파트 단지 가까이에 있는 볼링장에서 볼링 게임을 하고 점심을 먹는 날이다. 여섯이 뭉치면, 가정에서 풀지 못하는 스트레스를 우리만의 방법으로 풀고 힘을 얻을 때가 많다. 볼링장에서도 약간의 승부욕은 개인적으로 갖고 있는지 모르겠으나 그보다는 같이 어울리고 대화하는 것에 목적이 있다 보니 게임은 뒷전이고 수다가 늘 우선이다. 누가 잘하고 못하고를 마음에 담기보다 서로 웃는 것에 의미가 있는 게임이었다. 오랜만에 운동도 하고 즐거운 마음으로 게임을 끝냈다.

볼링장에서 나와 다수의 의견에 따라 버섯찌개를 먹기로 했다. 매운 버섯찌개는 개인적으로 달갑지는 않았지만 다수의 의견이 그러니 따르기로 했다. 각자의 식습관에 따라 매운 음식을 좋아하는 사람도 있고 나처럼 자극이 심하지 않은 음식을 선호하는 사람도 있게 마련이다. 친구들의 의견에 특별할 것도 없어 이견을 달지 않고 말없이 버섯찌개를 먹었다.

점심을 먹고 그냥 헤어지기 아쉬워서, 정확히 표현하자면 아직 하고 싶은 이야기들이 남아 '아리아'라는 찻집으로 자리를 옮겼다. 특별하게 경제적인 일을 갖고 있지 않은 전업주부들의 삶은 다람쥐 쳇바퀴 돌 듯 집안일에 집중이 되어 있어 가끔 밖에서 생활수준이 비슷하고 연배까지 비슷한 친구들을 만나는 일이 스트레스 해소에는 더할 나위 없이 좋다. 여럿이 모이니 각자 얻은 정보와 재밌는 수다의 재료들이 많다. 시시콜콜하다고 할 수 있는 일상생활에 대한 이야기들로 수다를 떨고 이웃과 친구들 사이에서 들은 이야기들을 꺼내 박장대소를 하며 이야기를 나눈다.

어쩌면 한 가정의 살림을 책임지며 받아야 하는 스트레스를 말로 풀어 버리겠다는 경쟁심이라도 있는 것인지, 이야기보따리는 닫힐 줄 모른다. 대한민국 아줌마들의 가정을 지키는 힘의 원천은 이렇게라도 수다를 떠는 가운데 재충전이 되는 것인지도 모른다. 어떤 이야기는 너무 우스워 배꼽이 달아날까 단속을 해야 되고, 때론 걱정과 슬픔이 전이되어 얼굴을 찡그리며 이야기 속에 하나가 되는 반복을 통해 가벼운 걱정거리들은 어디로 사라졌는지 찾을 수 없게 된다. 그때그때 대화를 주도하는 사람이 바뀌며 호흡이 척척 맞는 모임이 되어 우리는 만나면 마음이 편하다.

편한 사람들과 같이 있는 시간은 아무리 길어도 짧게 느껴지고, 불편한 사람과 같이 있는 시간은 아무리 짧아도 지루한 시간이 될 것이다. 수다를 떨다 보면 시간은 왜 그렇게 빨리 흘러가는지 아쉽다. 오전에 만나 볼링을 하고 점심 먹고 잠깐 대화를 한 것 같은데 저녁 준비를 위해 헤어져야 하는 시간은 달리기하듯 다가온다. 찻집이 떠나가라 대화하는 우리는 집에 돌아가면 현모양처로 자기 자리를 지킬 것임에 틀림없다. 주부들에게는 가정에 머무르는 시간이 길어 밖에 있는 것이 익숙하지 않은 낯설고 조금은 불편한 시간일 수도 있다. 다행히 같은 아파트 단지 내에 살면서 친해진 우리 모임의 구성원들은 생활하는 시간대가 비슷해서 특별한 경우가 아니면 누가 먼저 일어날 필요가 없다. 아침에 가족들이 생활 전선으로 나가고 저녁에 돌아오는 시간에 맞추어 저녁 준비하는 것까지 거의 비슷하기 때문이다. 그래서 더욱 친한 사이가 되었을 것이다. 오후의 햇빛이 서쪽으로 스러지는 시간이 되어 누구랄 것 없이 주섬주섬 챙겨 찻집을 나와 아파트까지 같이 걸으며 아직 끝내지 못한 이야기들을 나눈다. 이렇게 전업주부들의 생활은 밖에 있다가도 시간이 되면 가정의 테두리 안으로 돌아와 가정을 지킨다. 전업주부들의 삶이 집 안에서만 삶의 영역이 한정되고 밖에서 친구들을 만날 수 없다면 대다수의 가정은 무너졌을 것이란 생각은 지나친 생각일지 모르나 나는 그런 생각을 하곤 한다. 아파트 근처에 오면서도 저녁에 할 일을 꼼꼼히 챙겨 장을 본다. 특히, 오늘은 예쁜 딸아이의 생일이다. 집으로 돌아오는 길에 딸아이의 생일 선물로 인형을 샀다.

엄마

　어제가 우리 부부의 결혼기념일이어서 가족들과 즐겁게 저녁
식사를 했다. 곧 퇴원해도 된다는 의사의 말을 믿고 엄마에 대
해 걱정을 하지 않았었다. 그런데 오늘 새벽에 돌아가셨다는 청
천벽력 같은 소식에 정신을 차릴 수 없었다. 눈앞이 캄캄하고
아무 생각도 나지 않으며 멍한 눈으로 무슨 일을 당했는지조차
모르는 상태로 주저앉아 버렸다.

　아주 가끔 따끔따끔한 가슴 통증을 호소하시던 엄마의 병을
대수롭지 않게 생각했었다. 입원 3일 만에 호전되어 퇴원의 날
만을 기다리시던 중 갑자기 악화되어 입원하신 지 일주일 만에
돌아가셨다. 어제까지도 괜찮다며 퇴원할 날을 기다리시던 엄
마의 갑작스런 죽음을 우리 가족은 믿을 수가 없었다. 4일 전만

해도 몸이 호전되셨을 때 내게 이런저런 말씀을 하시며 자식 걱정만 하시던 엄마였다.

엄마의 세대는 일제강점기를 거치며 상상하기조차 어려운 고생을 하셨고, 6.25라는 한국전쟁마저 겪으며 가장 고생한 세대 중 하나라는 생각을 해 본다. 전쟁의 폐허 속에서 자녀들을 키우고 이제 허리 좀 펼 만하니 젊어서의 고생이 뼛속 깊이 파고들어 병을 안아야 했다. 지난한 세월을 건너오신 분들에게 훈장을 드려도 부족한데 남은 것은 고생의 기억 위에 덧붙여진 잔병치레만 남은 것이 안타깝다.

삶은 누구에게나 소중한 것인데 원치 않는 시대를 만난 운명으로 고생만 하다 유명을 달리하시는 분들이 많다. 유사 이래 가장 불행한 세대를 건너오신 분들이란 생각을 놓을 수 없다. 당신들은 허기진 배에 물과 누룽지로 식사를 대신하며 자식들에게 모든 것을 주어야 했던 우리 세대에게 엄마라는 단어는 늘 아릿하고 눈물이 나오는 대상일 수밖에 없다. 우리가 엄마를 생각할 때마다 가슴이 먹먹한 이유이다. 살아 계신 엄마를 생각해도 자주 찾아뵙지 못해서 그러할진대 하물며 돌아가신 엄마를 생각한다면 그 가슴의 먹먹함은 말로 표현할 수 없다.

한사랑 중앙병원의 장례식장에는 장례를 치르는 내내 우리 문상객들로 북적댔다. 아무리 문상객들의 발길이 이어지며 위로의 말을 해도 내겐 어떤 말도 들어오지 않고 마음은 어둡고 끝이 없는 깊고 좁은 구멍에 빠져들어 가는 것 같았다. 그 끝없는 어둠 속에 갇혀 나올 수 없을 것 같은, 발 디딜 곳 없는 어두운 허공에 웅크리고 있는 것 같았다. 언제든지 찾아뵐 수 있었던 엄마가 이제 영원히 만날 수 없는 길을 떠난다고 생각하니 다른 사람들과 말을 섞기가 쉽지 않았다. 엄마와 살을 부비며 지내 온 동기간과 눈만 스쳐도 눈물이 뚝뚝 떨어졌다.

우리 집에 마지막으로 오셨을 때 아이처럼 나를 따라다니시던 엄마가 영상처럼 나타났다 사라졌다. 엄마와 나 사이를 가로지르는 삶과 죽음의 경계가 이렇게 가까이 있을 줄은 미처 생각할 수 없었다. 며칠 전 파마를 해야겠다던 희끗희끗한 머리카락을 장례 절차를 도우시는 장례 지도사들이 알코올로 정성을 들여 깨끗이 닦았다.

살아 계실 때도 깔끔하셨던 엄마는 마지막 길을 가면서도 깔끔한 모습으로 자식들을 대면하고 있었다. 굳게 다문 입과 눈 감고 깊은 잠에 빠진 엄마의 모습은 편안해 보이는데 대화를 할 수 없는 우리의 가슴에서 눈물만이 끊임없이 올라왔다. 엄마는 우리를 놔두고 먼 길을 떠나며 무슨 말을 하고 싶으셨을까?

멈춰 버린 엄마의 시곗바늘을 거꾸로 되돌리면 내게 무슨 말을 하셨을까? 살아 있는 자식들에 대한 걱정을 어떻게 갈무리하고 떠나실 수 있었는지……. 하고 싶은 말이 간절할수록 한마디도 할 수 없고 가슴만 미어졌다. 슬픔 없고, 고통 없는 하늘나라에서 영면하시라며 간절한 마음으로 빌고 또 빌었다. 엄마는 입관할 때 하늘색 종이 신발을 신고 계셨다. 하늘색 종이 신을 신고 가벼운 발걸음으로 평소 가고 싶어 하시던 모든 곳을 돌아보시라고 빌었다. 엄마의 몸이 관에 옮겨지고 관의 뚜껑이 덮이는 순간, 다시는 엄마의 모습을 볼 수 없는 이 순간이 정말 마지막이라는 생각에 가슴이 미어지며 눈물만 쏟아졌다. 자식들의 작은 소리에도 늘 귀 기울이시고 반응하시던 엄마는 우리가 울부짖어도 아무 대답이 없었다.

엄마에게서 받은 사랑의 깊이보다 생전에 엄마에게 해 드리지 못한 일들이 머릿속을 떠나지 않아 부모를 여의고 남겨진 자식들이 죄인이라고 말하는 이유를 알게 됐다. 아직 받기만 하고 아무것도 해 드리지 못한 나는 죄인이었다. 엄마의 배 속에서 탯줄로 이어진 내가 태어나 엄마의 젖줄을 물고 자라고, 나는 또 우리 아이에게 젖줄을 물려 키웠다. 그 아이는 다시 젖줄을 자식들에게 물릴 것이므로 엄마가 유명을 달리하셨어도 삶의 흔적과 맥은 영원히 이어진다. 또한 엄마는 내가 살아 있는 동안 내 마음속에 남아 있을 것이다. 삶의 고비를 한 장 한 장 넘길 때마다 '엄마라면 어떻게 했을까'라는 질문에 대한 대답을 늘 해 주실 것이다. 엄마는 하늘나라에서도 자녀들을 걱정하며 늘 내 곁에 머물 것을 확신한다.

형부가 암에 걸렸다

생로병사라는 말은 사람이 반드시 겪어야 하는, 나고 늙고 병들고 죽는 네 가지의 큰 고통이란 뜻이다. 어느 누구도 피해 갈 수 없는 삶과 죽음. 사람이 태어나서 병 없이 장수할 수 있다면 이것보다 행복한 일은 없을 것이다. 요즘은 100세 시대라는 말을 자주 듣게 된다. 2012년 현재 한국인의 평균 기대 수명은 여성이 84세, 남성은 77.3세로 발표되었다. 세계 평균인 여성 71.6세, 남성 67.1세보다 오래 사는 민족이 되었음을 알수 있다. 얼마 전에 다산연구소 황상익 서울대 의대 교수는 다산 포럼에 게재한 칼럼에서 조선 시대의 평균 수명을 '35세 내외, 혹은 그 이하'로 추정했다. 조선 시대의 국왕은 평균 46세라고도 했다. 왕은 일반인보다 상대적으로 양질의 의료 혜택을 받았음으로 수명이 길었던 것을 알 수 있다. 산업화가 막 시작되던 1800년 무렵의 서유럽에서도 평균 수명은 35세 안팎이었다고 한다. 불과 200년 전만 해도 평균 수명이 75세 이상이 된다는 것은 상상할 수 없는 일이었다.

우리 조상들은 의료 혜택과 먹고사는 것들이 부실하여 60년 살기가 드문 일이었기에 회갑(환갑) 잔치는 장수의 상징이었다. 이렇게 큰 의미를 부여할 수 있었으니 회갑을 맞으면 일가친척 및 온 동네 사람들을 초대하여 떠들썩하게 잔치를 했던 것이다. 요즘엔 회갑 잔치라는 말은 먼 과거의 말이 되었고, 칠순 잔치마저도 잘못하면 욕을 먹는 세대가 될 정도로 장수의 시절이 되었다.

언젠가 나는 이가 아파서 며칠 음식을 먹는 데 고생한 적이 있다. 이가 아파도 음식을 씹을 수 없으니 변변한 치료조차 받을 수 없었던 선조들은 이가 아프면 죽음에 이를 수 있었겠다는 생각도 들었다. 하물며 병명조차 모르는 병들을 안고 치료를 받지 못했을 시절에 육십 년을 누린다는 것은 한 사람으로 충분히 천수를 누렸다고 할 기쁜 일이었을 것이다. 위생이라는 개념조차 없이 먹고살기 바빴을 선조들이 백 년을 사는 시대가 올 수 있다는 걸 알았다면 어떤 생각을 했을까?

의료 기술이 첨단에서 첨단으로, 또 첨단을 넘어 최첨단, 극첨단으로 치닫는 현대 의학의 발전은 많은 병들을 극복해 왔고 지금까지도 밝히지 못한 병들의 원인과 치료 방법까지 곧 찾아내리라는 확신이 든다. 이러한 시대에 사는 우리는 정말 백 세이상을 살 수 있으리라는 기대를 갖게 되었다. 우리의 몸이 아파 병원을 찾아가면 최신 의료 기술로 치료를 해 주고, 때에 따라서는 인공의 기기를 몸 안에 넣으면서까지 수명을 연장시킨다. 검사 장비도 발달이 되어 본인이 병을 갖고 있는지조차 모르는 시기에 간단한 검사 등으로 찾아내어 조기에 치료할 수 있는 길이 열렸다. 과거에는 방법이 없어 포기했던 병들도 하나씩 치료 방법이 나오는 걸 보면 만병을 모두 치료할 수 있는 날이 올 수도 있겠다는 생각과 그로 인해 백 세까지 사는 것은 이미 우리 눈앞에 와 있다는 생각이다.

건강한 상태로 장수를 한다는 건 모든 사람의 꿈이다. 아프지 않고 근력을 유지하여 천수를 누릴 수 있다면 이보다 더 행복한일은 없을 것이다. 조선 시대 평균 수명의 두 배 이상을 살게 된우리. 과거의 선조들이 짧은 삶 속에서 이루어 놓았던 일들을두 배로 이룰 수 있다면 좋겠다는 생각을 해 본다. 삶의 여유가생기면서 장수를 하기 위해 우리는 더 많은 건강 관리를 하며장수 자체에 의미를 두는 것이 아니라 무병한 장수에 의미를 두어야 하는 시기가 온 것이다. 한때, '구구팔팔'이라는 말이 유행한 적이 있었다. 99세까지 팔팔하게 살자는 바람을 담은 그 말대로 무병한 상태로 건강하게 오래 살 수 있다면 우리는 더 유의미한 일을 할 수가 있을 것이라는 생각이다.

몇 년 전의 기억이 새롭다. 울산에 사는 언니에게서 형부가 암에 걸렸다는 전화가 왔다. 주변에서 자주 듣던 암이라는 병이 우리 가족에게도 남의 일이 아닌 가족 깊숙이 파고든 존재가된 것이다. 의료 기술이 발달하여 웬만한 암에 대해서는 완치율이 높으니 걱정하지 말라고 위로를 하면서도 아직, 암에 대해서는 안심할 수 없는 공포감을 갖고 있는 것이 현실이었다. 형부가 나를 많이 아껴 주었던 것을 생각하니 마음이 더 안타까워졌다. 며칠 시간이 지나면서 걱정은 무서움으로 바뀌었다. 우리 가족들은 조카가 근무했던 좀 더 큰 병원으로 옮기라고 했다. 아무래도 지방의 작은 병원보다는 장비들도 차이가 있을 것이고 큰 병원에서는 암 치료에 대한 노하우도 훨씬 많을 것이란 생각이 들었다. 게다가 조카가 신경을 써 주면 우수한 인력들이 형부를 치료해 줄 거란 기대감이 컸었다는 것이 맞을 것이다. 암이라는 병의 치료가 그리 쉽지 않다는 것과 의료 기술의 차이가 엄연히 존재하고 있어 우리가 안심할 수는 없었다. 조카가 근무했던 큰 병원을 선택하여 치료를 받기로 하니 조금 마음을 놓을 수 있었다.

묘하게도 형부가 암 진단을 받았다는 소식을 접하고 놀란 가슴이 채 진정이 되지 않는데 큰언니의 딸이 임신을 했다는 소식도 왔다. 좋은 소식과 나쁜 소식이 함께 왔다. 이런 걸 두고

'호사다마'라고 할까? 아무튼 그날 하루는 좋은 색과 나쁜 색을
선택할 수 없어 아무런 색깔을 칠할 수 없던 날이었다.

벚꽃을 거실에 모시다

오늘은 햇살이 거실까지 밀고 들어와 기분을 밝게 해 준다. 거실에서 바라보는 창가에까지 벚꽃나무 가지가 다다라 있다. 햇살을 쫓아 창밖을 보니 창 곁에까지 벚꽃나무가 가지를 뻗어 꽃들이 벙글어져 있다. 하늘에 둥둥 떠 있는 것 같은 꽃들이 창 옆으로 마치 구름처럼 펼쳐져 있었다. 선녀들이 지상으로 하강하다 창가의 공중에 발걸음을 멈추고 서 있는 것 같았다. 아니, 그 꽃구름을 밟고 천의무봉의 옷깃을 하늘거리며 공중에 서 있는 것 같았다. 선녀 옷의 색깔은 흰색과 연분홍의 색깔이었을 것이라는 생각을 하다 후훗 웃는다. 해마다 벚나무 가지들이 조금씩 조금씩 키를 더하더니 올봄엔 제법 풍성한 가지를 이뤄 하늘하늘한 꽃다발을 내게 선물했다.

창가에 다가가서 벚꽃을 본다. 벚나무의 아래쪽은 더욱 풍성하게 꽃들이 웃고 있다. 얇은 꽃잎을 투과한 햇볕이 주차 면에 옅은 그늘을 드리웠다. 꽃 그림자가 드리운 아스팔트에도 꽃의 향기가 몽글몽글 피어오르는 것 같았다. 저녁마다 그곳에서 잠을 자던 벚나무 밑의 차량들은 빠져나가고 꽃의 그늘만 주차되어 있었다. 차량이 빠져나간 곳은 벚나무 꽃그늘의 영역이었다. 하긴 밤에는 그늘을 드리우기에는 밤의 그늘이 너무 커서 꽃그늘과 자동차를 구분할 필요가 없었을 것이다. 넓고 큰 밤의 그늘은 삼라만상을 어둠의 휘장으로 감싸고 보듬어 쉼을 허락하는 아늑함을 제공했을 것이다. 연한 꽃과 감정 없는 쇠로 만들어진 자동차와는 분명 어울리는 조합은 아니리라. 밤의 그늘에서는 서로의 구별이 필요 없었을 것이지만 어둔 시간에 모여 있다 낮의 확연한 차이를 깨닫고, 서 있을 자리가 아님을 인식한 자동차들은 황급하게 자리를 비켜 준 것이다.

꽃그늘을 위해 양보하고 출근한 차들을 생각하며 세상을 바쁘게 사는 사람들을 떠올리다 나를 돌아본다. 사람들이 얼마나 빠르게 살고 있는 시대인지, 나는 속도의 시대에 어떤 보폭으로 걷고 있는지 생각하다 삶의 방식은 다양하다는 것으로 정리를 하며 생각을 닫는다. 각자의 삶의 방식은 나름의 위치에서 최선을 다하면 되는 것이라고 스스로 다독이며 이 꽃을 상하지 않게 좀 더 가까이서 볼 수 있기를 기대하며 궁리에 빠졌다. 한참을 망설이다 벗나무 가지를 살짝 휘어 격자무늬 창 안으로 들여놓았다.

거실이 더욱 환해졌다. 꽃향기가 가지의 끝을 타고 함께 들어와 거실에 머문다. 꽃에 코를 가까이 대고 벗꽃의 상큼한 꽃향기를 맡으며 머릿속에 청량한 기운을 넣는다. 이 벗나무가 몇 년에 걸쳐 보이지 않는 만큼씩 자라 우리 집 창문을 두드릴 때까지 나는 꽃이 필 때와 푸른 잎으로 한여름의 열기를 누그러뜨릴 때만 관심을 준 것이 계면쩍어졌다. 가끔은 무성한 잎에 의해 창밖의 풍경을 볼 수 없음에 불편을 토로한 적도 있었다. 사각의 아파트 단지에 인위적인 색채를 부드럽게 만들기 위해 인위적으로 이식되었을 벗나무가 치열한 시멘트 바닥의 열기를 버텨 낸 것이 고맙고, 차가운 콘크리트에 의해 더 차가웠을 겨울을 이겨 준 것이 고마웠다. 더하여 내게 아름다운 꽃과 향기를 선물하기 위해 돌아온 봄에 대한 고마움을 말해서 무엇하랴.

아무 생각 없이 삶의 시간에 쫓기던 도심에 꽃나무 한 그루의 소중함을 느끼게 해 준 벗나무에 의해 나는 세상을 바라보는 눈이 오늘 한 뼘 더 자랐다. 우리 거실에 꽃을 피운 가지를 며칠만 머물게 하겠다고, 벗나무에게 미안하다고 마음으로 말을 했다. 나는 '벗나무 아래 누워 보니 천국으로 가는 길이 열렸다'는 어떤 시인의 시구가 생각이 났다. 벗나무 아래 벗꽃의 꽃그늘에 누워 보고 싶지만, 아파트 단지 내에서 벗꽃 아래 눕는 것도 우스운 꼴이 될 수도 있겠다. 다만, 거실에 살짝 발을 들여놓은 귀한 손님인 벚꽃 앞에 앉아 꽃의 아름다운 향기와 대화할 수 있는 이곳, 우리 거실, 그리고 오늘이 천국임을 믿기로 했다.

아버지의 팔찌

　젊어서 무척 바쁘셨던 아버지가 집에 혼자 계시는 시간이 많아져 통화를 했다. 요즘 아버지는 과거를 하나씩 지우며 보내신다. 과거가 무거웠는지 나이 들어 왜소해지는 몸에서 무거운 짐을 내려놓듯 과거의 기억들도 하나둘 내려놓기 시작했다. 자꾸 잊어버리고 때론 집에 돌아오는 익숙한 길마저 지워지셨는지 집을 찾지 못하는 경우가 잦아지면서, 주소를 적어 드린 종이만으로는 안심할 수 없게 되었다. 여러 번의 홍역을 겪으면서 아버지의 팔목에 연락처를 새겨 넣은 팔찌를 해 드려야겠다는 생각을 했다. 팔찌가 아름다움의 장식용으로 사용되는 것이 아닌, 식별표와 같은 연락처를 주문하러 간 금은방 앞에서 한참을 망설이다 들어섰다. 팔찌에 오빠 이름과 전화번호를 새겨

달라 말하고 기다렸다.

아버지는 나를 안고 저녁마다 동네 마실을 다녔었고, 보호자로서 후원자로서 항상 든든하실 것 같았었는데 이제 더 이상 자식들의 보호자가 될 수 없었다. 우리가 매일 함께 움직일 수 없는 상황에서 팔찌에 새겨진 연락처는 일정한 부분 아버지를 보호할 수도 있다는 생각에 씁쓸해졌다. 차가운 보호자, 팔찌를 보며 눈물이 왈칵 쏟아졌다. 아버지는 우리에게 늘 따뜻한 보호자셨는데 궁여지책으로 팔찌의 도움을 받아야 되는 상황이 안타까웠다. 기억을 잊더라도 어디든 다니시며 새로운 것들을 접한다면 집에만 계신 것보다 나을 것이라는 생각으로 스스로를 위로했다.

누구에게나 나이는 들게 되어 있고, 누구에게나 몸의 기능은 노쇠하게 되어 있지만, 정작 내 아버지가 기억을 자꾸 잊어버리는 것을 옆에서 본다는 건 슬픈 일이다.

자식들이 할 수 있는 건 자꾸 어린아이처럼 변해 가시는 아버지의 모습을 자주 찾아뵙는 기회만이라도 가져야 하지만, 각자의 삶에 쫓기는 자식들에겐 그것조차도 쉽지 않은 것이 현실이다. 치매에 좋다는 여러 방법들에도 귀가 솔깃하여 다 들어 보고 찾아봐도 크게 개선될 것 같지 않았고, 아버지의 잊어버리는 속도는 점점 빨라지셨다. 한번 잊어버린 기억을 다시 말씀드리면 기억이 되살아나시면 좋으련만, 새로운 사실이 아닌 옛날의 기억까지 자꾸 잊어버리시기만 하니 이런 증세를 인정하고 받아들여야 하는 상황이었다. 조금 어눌해지시고 과거를 자꾸 지우시더라도 더 오래 사시면서 우리가 뵐 수 있길 기대하며 금은방을 나섰다.

우리 세대의 아버지는, 자상한 면보다는 가부장적 사회의 권위가 떠오른다. 우리 가족들에게 있어서도 아버지는 커다란 산 같은 존재였고, 아버지 곁에만 가면 안 되는 일 없는 능력과 권위를 가진 존재였다. 그런 근엄한 아버지가 막내인 내겐 유독 자상하셔서 어디를 가도 나를 안고 다니셨다. 내가 떼를 써도 아버지는 허허 웃으시며 다 받아 주셨다. 아버지가 모든 기억을 내려놓기 시작하면서 많은 혼선을 겪어야 했다. 당신의 젊음을 모두 가족들에게 바치고, 몸이 부서지도록 일을 하여 가난한 시절을 건너오신 아버지의 가족 부양의 짐이 너무 무거웠나 보다. 자식들이 장성하여 이제 짐을 덜어 드릴 시기가 되었는데, 아버지는 짐을 벗어 놓으며 힘들었던 기억, 어려워도 행복했던 따스한 기억까지 벗어 놓아야 할 짐으로 생각하셨는지 모든 걸 내려놓고 있었다.

생각하기 싫은 것들만 버리고 행복한 기억만 남겨 놓으셨으면 좋으련만 이것저것 가리지 않고 내려놓는 중이시다. 그리고 점점 어린아이처럼 변해 가신다. 이제 당신의 손으로 키우셨던 자녀들이 당신의 울타리가 되어 보호자의 역할을 해내야 할 시기가 왔다. 모든 걸 내려놓으시면 다시 새로운 삶을 살 수 있으면 얼마나 좋을까. 좋은 기억들만 채울 수 있으면 더 없이 좋을 텐데……. 우리의 바람과는 달리 엉킨 기억 속을 털어 내듯 내려놓고 계신다. 부모에게 받은 은혜를 갚을 기회가 자꾸만 자식들에게서 멀어지는 것 같아 마음이 안타깝다.

딸아이의 연기학원 등록

딸이 공부를 그만하겠다며 시내 연극영화학원에 등록하겠다고 했다. 잘하던 공부를 갑자기 그만두겠다고 하여 의견 충돌이 있었지만 자식을 이기는 부모는 없다는 말이 맞는지 딸의 학원 등록하려고 함께 왔다. 공부로 크게 성공할 확률은 많지 않아도 공부를 하면 큰 실패가 없는 평탄한 길을 걸을 수 있음을 누누이 설명했지만 딸을 설득할 수는 없었다. 집안 내력인지 우리 아이들의 고집은 황소고집이다. 한번 하겠다면 누구도 말릴 수 없는 고집에 이번에도 내가 포기하고 딸과 함께 학원까지 오게 된 것이다. 연극영화학원에서 연기를 배우고 그 길을 걷는다면 그 길 역시 얼마나 험난한 길인지 걱정이 앞선다. 일시적인 충동일 거라고 나 스스로 마음을 달래며 혹시 아이에게 연극영화인의 피가 흐르는 것을 막고 있을 수 있다는 생각도 해 보며 내 내 마음이 심란했다. 내 속으로 난 아이라 해도 어느 곳에 적성이 있는지 알 수 없어 이 길이 아이에게 맞는 길일 수도 있기에 시도하는 기회마저 박탈할 수가 없었다. 조금이라도 위험 부담이 덜한 공부의 길을 갔으면 하는 생각이 강했지만 내 아이가 학원을 다니다가 길이 아니면 다시 공부로 돌아설 수 있기에 막무가내로 막기만 할 수는 없었다. 아직 어리니까 학원을 다니다 다시 돌아설 수 있는 시간은 충분하고, 그때는 자신이 고집을 피웠던 것에 대해 미안한 마음으로 공부를 더 열심히 할 수도 있다는 공부에 대한 놓을 수 없는 희망을 갖고 등록을 마쳤다.

돌아오는 길은 내 마음의 조화로 인해 모든 것이 쓸쓸하게 보였다. 골똘히 생각하는 내 머릿속으로 인해 눈은 무엇을 보아도 눈에 들어오지 않았다. 습관에 기대어 집으로 가는 길은 힘없는 걸음이 되었다. 아파트 단지 입구에 있는 횡단보도에서 신호 대기를 하는 동안, 아이가 부모의 마음대로 되지 않는다는 생각에 왈칵 눈물이 쏟아졌다. 자식은 품안에 있을 때 자식이고 조금 컸다고 제 스스로 자란 줄 아는 것 같다는 생각이 들었다. 주장이 강해지면서 부모의 말조차 듣지 않는 것을 보며 나의 사춘기를 돌아보게 되었다. 젊어서의 결정은 충동적일 때가 많고, 그 시기를 먼저 살아온 인생 선배들의 경험을 무시할 수 없다. 게다가 세상의 어떤 부모가 제 자식 잘못되기를 바랄까?

부모의 경험에 의한 조언을 좀 컸다고 제 주장을 앞세워 고집 피우는 딸의 막무가내가 몹시 서운했던 것 같다. 신호등을 건너 집에 돌아오는 동안 우리 아이들은 성장 과정에서 부모의 속을 상하게 한 적이 없으니 다를 것이라고 스스로 위안을 해 본다.

내가 어렸을 때, 학교에서 장래 희망을 써 보라는 선생님의 말씀이 기억이 난다. 남자아이들은 대통령, 변호사, 국회의원 등의 직업을 쓰는 것이 유행처럼 번졌던 기억도 났다. 요즘처럼 TV가 많은 시대도 아니고, 집집마다 라디오는 있으나 동네에 잘사는 한 집 정도만 텔레비전이 있던 시대에 우리가 접하는 것은 라디오를 통한 뉴스와 그 뉴스의 단골 주인공으로 등장하는 직업들만이 보고 들은 전부여서 사내아이들은 그런 직업들을 적어 냈던 것이다. 돌아보면 그 아이들의 장래에 대한 포부만큼은 대단했던 것이라 느껴졌다. 그 많은 아이들이 모두 희망하는 대로 직업을 선택했다면 이 땅에 대통령은 몇 천만 명이 되었을 것이라 생각하니 슬며시 웃음이 나왔다.

요즘 아이들은 텔레비전에 나오는 화려한 연예인들을 보고 자란 세대이다. 그러다 보니 어린 나이에 또래의 성공한 스타가 되어 텔레비전에 나오는 연예인들을 보면서 화려한 무대와 부(富)를 손에 쥘 수 있는 연예인이 장래의 소망이라고 적는 아이들이 많을 수밖에 없을 것이다. 너나없이 겉으로 드러난 화려함만을 추구하다 보니 성공을 위해 해서는 안 될 비리마저도 성공이라는 허울 좋은 가면에 묻혀 버리는 것이 상당할 것이다. 텔레비전에 자주 나오는 연예계의 비리는 빙산의 일각일 뿐, 그 속에 묻힌 더 많은 험악한 일들을 아이들은 모르고 화려한 성공만이 눈에 보일 것이기 때문에 장래 희망의 1순위가 연예인이 되었을 것이라 추측해 본다. 내 아이가 유행처럼 번지는 연예인에 대한 막연한 환상을 쫓는 것 같아 마음이 아팠다. 잡을 수 없는 신기루를 쫓아 인생의 소중한 시간을 허비하다 뒤늦게 깨닫고 자신의 자리로 돌아와 과거를 돌아보는 초라한 모습을 상상하니 마음이 아플 수밖에 없었던 것이다.

연예인으로 성공한 사람들도 많다. 그들에게는 그만한 재능과 남다른 노력이 있었을 것이다. 그러나 어느 분야에서나 마찬가지로 한 분야에서 성공한 사람들은 1%도 채 되지 않을 것이다. 그 1%의 성공하는 사람들 속에 매몰되어 보이지 않는 99% 아니, 99.999%의 사람들은 허망한 눈길로 하늘을 보며 어둔 그늘에서 눈물을 흘려야 한다는 것을 내 아이가 깨달았으면 하는 마음이 간절했다. 그에 비해 공부의 길을 택하면 비집고 들어갈 길이 바늘구멍 같은 연예계의 길과는 비교할 수 없이 확연히 넓은 길이라 확신했다. 아무튼 지금은 딸이 어떠한 이야기로도 설득할 수 없는 상태임을 알고 있기에 학원을 다니게 하고 적당한 기회에 다시 아이를 설득할 생각이다. 이렇게 마음이 정리되니 조금은 편안한 마음이 되었다. 딸아이도 엄마의 기대를 저

버린 것에 대해 미안했던지 나를 위로하듯 따사롭게 다가왔다. 아무렴 우린 가족인데 혈연이 끊어질 리는 없고 다만, 서로에게 시간이 필요할 뿐이라는 생각으로 마음을 스스로 다독인다.

부모님 산소

부모님 산소에 다녀왔다. 지난번에 왔을 때 봉분 주변의 잔디가 힘을 잃고 맨땅이 드러난 부분이 많았다. 푸른 잔디가 자리를 잡아 걱정하지 않았었는데, 잔디가 죽어 가는 모습을 보고 마음이 아팠다. 몇몇 어른들은 잔디가 자리 잡지 못하고 죽어가는 원인 중의 하나가 솔잎이라고 했다. 산소 주변에 소나무들이 좋은 경관을 이루었었는데 솔잎들이 다량으로 떨어져 잔디를 덮음으로 잔디가 죽었다는 것이다. 솔잎들이 잔디를 덮어일조량을 줄여 그리된 것이라는 결론이었다. 집안 어른들은 군에 가서 허가를 받아 묘 주변의 나무들을 정리하겠다는 것이다.

나무들을 베고 한식에 다른 묘목을 식재하기로 하여 친척들이 모였다. 조상의 묘를 관리하는 것에 유독 신경을 많이 쓰는 과거의 전통은 그대로 전승되어 오늘도 많은 친척들이 모인 것이다. 집안의 큰일을 할 때 친척들이 모이는 자체로 그 행사에 또 다른 의미가 있다는 생각이 들었다. 산소 주변이 잘 정돈되어 깔끔하게 되었고, 산소에 삼삼오오 앉아서 이야기를 나누는 동안 마음이 포근했다. 몇 년 전 서울의 남대문이 화재로 소실되었을 때, 대들보와 서까래에 사용하기 위해 지름이 1m가 넘는 소나무를 강원도에서 찾아 복원한다는 기사를 보았다. 그때 '춘양목'이라는 이야기를 들은 기억이 있어 이참에 찾아보기로 했다.

소나무에는 적송(赤松), 해송(海松), 반송(盤松), 리키다소나무, 백송(白松), 오엽송(五葉松) 등이 있다고 한다. 적송이란 이름은 소나무의 표피가 붉은 것에 따라 붙인 이름이다. 해송은 표피가 검고, 곰송 또는 흑송(黑松)이라고도 불린다. 우리나라 해안가 숲에 가면 흔히 볼 수 있는 소나무가 해송이다. 백송은 줄기가 흰색인 것을 의미하는데, 국내에는 보기 어렵고 예산의 추사 고택 옆에 추사 집안의 묘소에 천연기념물로 지정된 백송을 볼 수 있다. 반송은 키가 작고 가지가 여러 갈래로 나와 조경수로 많이 사용한다. 금송(金松)은 잎이 두툼하고 더운 지방에 사는 소나무인데 일본에 많고 국내에도 드물게 있다고 되어 있으나, 이제는 묘목 시장에서 가격은 비싸지만 흔치 않게 볼 수 있는 소나무가 되었다.

소나무의 잎은 자세히 보면 다르다고 한다. 잎이 한 갈래에서 다섯 갈래까지 있어 잎의 수에 따라 불리기도 한다. 한 갈래의 잎인 일엽송은 두 갈래의 잎이 겹쳐 하나인 것처럼 보이는 것이라고 한다. 두 갈래의 잎을 가진 소나무는 적송, 해송, 반송 등이고, 세 갈래의 잎을 가진 소나무는 백송, 리키다소나무 등이라 한다. 다섯 갈래의 잎을 가진 것을 오엽송이라고 한다. 우리가 산에서 볼 수 있는 아름답게 뒤틀려 자란 소나무를 적송이라 하는데, 적송을 부르는 이름 또한 다양하다. 춘양목(春陽木), 황장목(黃腸木), 미인송(美人松), 금강송(金剛松)이라는 이름으로도 불린다. 금강송은 더디게 자라 속이 조밀하고 송진 함유량이 많아 잘 썩지 않고, 갈라지지 않으며 강도도 높다.

사찰이나 궁궐 등에 두툼한 기둥과 대들보에 사용되어 수백 년 동안 건축물을 지탱하는 단단한 나무들은 대다수가 금강송으로 세워진 것들이다. 이런 금강송을 속이 황금색을 띠었다 하여 황장목이라고 불렸다. 조선 시대에는 울진, 삼척, 설악산 등 경북과 강원도 지역의 금강송 산지에 일반인의 출입이 통제된 황장금산(黃腸禁山)을 57곳이나 지정해 엄격한 보호를 받아 왔다. 궁궐의 건축물을 증축할 때 사용하기 위해 지름이 1m 가까이 되는 금강송들을 산에 살아 있는 상태로 확보하려던 목적이었던 것이다. 황장금표를 세워 일반인들의 출입을 엄격히 통제했다는 것이다.

이러한 금강송의 산지에도 일제의 수탈은 피해 갈 수 없었다. 일제강점기의 수탈과 1950년대 춘양, 영주, 석포를 잇는 영암선 철로가 개통되면서 남벌이 본격화되었다. 특히 '춘양역'은 금강송이 반출되는 통로였기 때문에 금강송을 '춘양목'이라 부르기 시작하는 계기가 되었다. 반출되는 역의 이름을 붙여 고유명사처럼 사용하게 되었다는 것을 생각하면 엄청난 양이 반출되었음을 짐작할 수 있다. 현재는 울진 소광리 금강송 숲을 산림청이 1,800헥타르에 걸쳐 유전 자원 보호림으로 지정해 백만 그루의 금강송이 관리되고 있다고 한다.

산소 주변은 어느 곳이나 볕이 좋아 푸근하다는 생각을 하며 부모님을 생각하니 살아 계실 때 내게 해 주었던 말들이 어제 일처럼 떠올랐다. 산소 옆에서 친척들과 한참을 앉아 있다 내려왔다. 내려오는 동안 볕이 잘 들어 잔디들이 힘을 받을 것을 생각하니 부모님이 저세상에서나마 행복하게 느끼실 것 같았다.

격자무늬 그림자

지구는 지치지 않는 에너지로 태양을 공전하는 동안, 365번의 자전을 한다. 한 치의 오차도 없는 거대한 궤적을 그리는 별 지구는 우리가 의식하지 않는 동안에도 자신의 임무에 태만한 적 없다. 오늘 아침에도 태양은 어김없이 떠올라서 존재의 유의미한 빛을 타고 거실에 들어와 하루의 첫 휴식을 취하고 있다. 매일 비슷한 시간에 들어와 기다렸겠으나 내가 조금 늦게 일어나는 바람에 빛은 다른 날에 비해 좀 더 오래 나를 기다렸을 것이다.

내가 만나는 빛이 오늘은 좀 더 길게 발을 들여놓아 소파를 지나 한껏 몸을 늘어뜨려 거실 바닥을 점령하고 있다. 태양이 빛으로 내 방문을 두드렸을 것이지만 내가 느끼지 못하고 늦게 마주한 것이 살짝 미안했다. 빛은 거실 바닥에 드러누우면서 창의 격자무늬 문살까지 거실 바닥에 드러눕게 만들었다. 누군가 거실 바닥에 그림을 그린 것도 아닌데 격자무늬의 그림자는 그곳에 본래 있었던 것처럼 누워 있었다. 신기한 눈빛으로 격자무늬를 밟으면, 격자무늬는 밟히는 것이 아니라 밟으려는 내 발등을 밟고 올라와 피한다. 내가 창 쪽으로 움직이면 놀랍게도 격자무늬 그림자는 몸을 일으켜 내 무릎까지 타고 올라온다. 손도 없고 발도 없는 격자무늬의 그림자가 자신의 생명을 지키기 위해 밟히지 않고 몸을 일으키는 모습에 미소를 지어 본다.

소파에 앉아 내 발에 놀랐다가 다시 거실에 길게 누워 휴식을 취하는 격자무늬를 바라본다. 격자무늬는 숨이 붙어 있었다. 태양이 중천으로 떠오르는 동안 길게 늘였던 몸을 줄이며 몸의 근육들에 힘을 주어 더욱 선명한 모습으로 변하여 격자무늬 창의 크기에 근접했다가 더욱 움츠린다. 격자무늬의 그림자가 웅크리기 시작하면 아파트 주민들의 바빴던 아침의 소란함은 사라지고 평화로운 아이들과 주부들의 바쁘지 않은 시간들이 태양의 빛 아래에 쏟아져 나온다. 이때쯤 격자무늬는 모습을 서서히 감추려 하고 대낮에 격자무늬는 거실 바닥에서 창 쪽으로 향하다 빛 속으로 몸을 감춰 빛과 하나가 된다. 격자무늬 그림자는 오후부터 내일 아침까지 빛과 어둠을 동시에 겪는 깊은 이별의 시간을 갖는 것이다.

시계의 시침처럼 거실과 격자무늬 창 사이를 오가며 계절별 시간을 알려 주는 격자무늬 그림자가 거실에 머무르는 동안, 나는 아침의 일정을 수행한다. 거실에 머무르며 우리 가족들의 바쁜 아침을 함께하는 동안 너나없이 하루의 시작은 부산하다. 격자무늬 그림자가 창밖으로 빠져나갈 때까지 우리 가족들은 세면을 하고 아침을 먹고 각자의 정해진 삶의 터전으로 나간다. 그런 것을 보면 격자무늬 그림자의 삶의 터전은 우리 거실이 아니라 창살에 근접했다 창살과 하나가 되어 창밖으로 빠져나가는 시간의 위치가 될 것이라는 생각도 해 본다.

　해가 지고 어둠이 깔리면 거실의 불빛에 의해 격자무늬 창살이 우리 눈에 들어온다. 아파트의 특성상 그 창을 통해 도심의 밤을 보면 멀리 빌딩에 불이 켜져 있는 모습들이 보인다. 그런 밤이면 나는 창가에 서서 격자무늬 창살에 손을 대보곤 한다. 격자무늬 창의 그림자가 그 속에서 깊은 잠을 자고 있다는 생각이다. 좋은 꿈을 꾸고 내일 아침에 다시 햇살에 몸을 실어 거실 바닥에 들어와 가족들과 바쁜 아침을 맞이하기 위해 격자무늬 창살의 그림자는 휴식을 취하고 있는 것이다. 곤한 하루를 마치고 잠을 자는 격자무늬는 내일 아침에 다시 거실을 향해 한두 발 걸음을 옮길 것이다. 거실에 발을 들여놓았다 거두는 반복을 어김없이 보여 줄 것이다.

지구가 자전과 공전을 거듭하는 동안 그림자는 늘 그렇게 매일 살아 있는 것이고, 우리가 격자무늬 창살을 버리지 않는다면 그림자는 우리와 함께 호흡할 것이다. 계절의 변화에 따라 약간의 시차는 있겠지만, 나와 대면하는 격자무늬의 그림자와 무언의 대화를 주고받는 아침이 즐겁다. 오늘도 지구는 자전하고 있다. 공전하고 있다. 어쩌면 그림자는 빛과 함께 지구의 연대기를 기억하고 있을 것이다.

솔새

나는 산촌 아이였다. 숲 속 유치원생이었다. 방문을 열고 나오면 산이 보이고 마당이 끝나면서부터 풀이 나 있었다. 아버지 어머니 고향은 공주시 유구면이었다. 아버지는 아랫마을에 살고 있던 어머니와 결혼을 했는데 내가 초등학교 3학년까지 산 좋고 물 맑은 곳에서 사셨다. 내가 네 살 때 아버지께서 막내딸이라며 나를 안고 이웃 마을에 놀러 가셨을 때부터 기억이 나는데, 지금 그 마을엔 기도원이 지어졌고 그때보다 더 작은 마을이 되었다.

눈이 초롱초롱하고 노래를 잘 불렀던 나는 '솔새'라는 별명을 가지고 있었다. 집안 식구들이 모이면 제일 먼저 솔새를 찾아 노래를 시키곤 했다. 여섯 살인 그때 언니 오빠가 많은 탓에 내 노래는 '꽃바구니 데굴데굴 금잔디에 굴려 놓고……'이거나, '앵두나무 우물가에 동네 처녀 바람났네'란 노래를 목청껏 불러 웃음바다가 되곤 했다고 한다. 언니, 오빠가 초등학교에 들어 가자 동생과 소꿉놀이를 자주 했다. 진달래를 꺾어 화병 대신 집 앞 개울에 꽂아 놓으면 그곳까지 우리 집 거실이 되었다. 여 름이면 옥수수를 들고 나무에 올라앉아 매미 소리 들으며 지난 해 따 먹었던 머루가 익을 날을 꿈꾸었다. 제기를 함께 만들던 동현이라는 친구, 비 오는 날 우산을 함께 쓰고 걷다가 내 팔이 아플 것을 걱정하여 우산을 대신 들어 내 머리를 생쥐처럼 적셔 놓았던 이웃집 언니도 생각난다.

초등학교 전교생이 85명이었는데, 오빠가 회장이어서 개구 쟁이 남학생들도 나는 놀리지 않아 고무줄을 빼앗기거나 치마 를 들춰 울고 다닌 적은 없었다. 산골 학교라 선생님이 학교에 서 주무시거나, 좀 더 큰 마을에서 우리를 가르치시려 아침 일 찍 학교로 오시곤 했다. 오빠를 가르치시던 키가 크신 선생님 이 그대로 나도 가르쳤는데 키가 크신 선생님 모습이 보이기 시 작하면 제일 먼저 1학년들이 교문까지 달려가 인사를 했다. 나 도 예외는 아닌지라 선생님 모습이 보이기 시작하면 교문으로 향해 빠르게 달려 나갔다. 선생님이 못 보실까 봐 되도록 가까 이 오셨을 때 인사를 하려다 선생님 무릎에 부딪쳐 넘어져 버렸 다. 그 모습을 본 오빠는 집에 돌아가 거리 감각이 없다며 '오빠가 나를 향해 걸어오고 나는 걸어가며 인사하고'를 몇 번이나 연습시킨 적도 있다.

학교 수업이 끝나면 운동장에서 줄을 섰다. 우리 집 쪽으로 가는 친구는 모두 여덟 명이었는데, 차도 없고 자전거만 있는 마을이라도 교통질서를 배워야 한다며 학교가 보이지 않을 때까지 항상 왼쪽 길로 구령을 붙이며 다녔다. 겨울이면 난로가 문제였다. 아버지는 내가 추울까 봐 장작을 몇 짐 학교에 보내곤 하셨다. 내가 3학년이 되던 해 큰 변화가 생겼다. 어머니는 농사도 힘들고 아이들 중학교가 멀다는 이유로 아버지를 졸라 이모가 살고 계시는 온양 온천으로 이사를 했다. 같은 충청도라도 지역마다 사투리는 조금씩 다르다. 이모가 오셔서 어머니와 함께 사투리를 쓰실 때는 웃음을 참지 못하여 동생과 함께 이불을 뒤집어쓴 적이 한두 번이 아니었다. 이곳 온양은 길도 반듯하고 차도 많지만 하굣길에 줄도 서지 않고 구령도 없었다. 또 길가에 있던 덜 영근 목화를 누가 따 먹고 지나갔을까를 생각할 필요도 없고 열려 있는 대문 앞을 지날 때 개 조심만 하면 되었다. 이모 따라 대중온천탕에 가서 목욕을 하며 산촌 아이의 때는 목욕탕 속에 버리고 서서히 소도시 온양 온천 아이가 되어 갔다.

이제 내가 아침 이슬로 발을 적시며 오빠를 따라 학교를 가던 그 길과 무지개가 내려앉았던 샘물에는 나무가 울창하여 볼 수도 없다. 늦가을 서리가 내리면 머루가 익던 늘어진 나무도 늙어서 삭정이가 되어 있을 것이다. 어머니께서 뜰에 동생을 재워 놓고 밭에 나가신 사이 동생 무릎에 생긴 상처가 잘 아물었을지 궁금하여 손톱으로 딱지를 떼어 보았다. 피가 나는 바람에 재빨리 흙으로 뿌렸던 우리 집 뒤뜰에도 나무가 무성할 것이다.

이웃집과 딱딱한 콘크리트 벽 하나를 사이로 하고 침대에 누워 '엄마, 나 내일 여섯 시간 해요'라는 소리를 들으며 내 고향이 그대로 있어 주기를 바라는 것은 내 욕심일 게다. 내가 넘어져 웃음바다가 되었던 학교 운동장도, 아랫마을에 단옷날이면 아득히 높게 매어졌던 정자나무의 그넷줄과 체육 시간 냇가에 함께 발 담그고 놀던 친구도 볼 수 없다. 그저 꿈속에서 잠시 날아가 샘물에 손 씻고 산꼭대기에서 미끄러져 친구 집 뒤꼍으로 떨어지며 그리는 나만의 고향일 뿐이다.

역귀성(逆歸省)

명절이 되면 자주 접하는 수식어가 있다. '한민족의 대이동'이라는 말이다. 민족의 대이동이라는 말을 들으면 게르만 민족의 대이동이 생각나는 것은 나만이 아닐 것이다. 스칸디나비아 반도 남부 및 북독일 발트 해 연안에 거주하던 게르만 민족이 라인 강 동쪽과 다뉴브 강 북쪽으로 이동하며 서양의 고대(그리스, 로마 시대)와 중세를 가르는 기준점이 된 게르만 민족의 대이동에 버금간다는 생각으로 한민족의 대이동이란 말을 만든 것 같다. 우리 민족이 경제적 발전을 이루며 도농의 인구 밀도가 역전이 되어 명절에 도시에서 고향을 찾아가는 대이동. 우리 민족에게 있어서 한 시대의 획을 그은 경제 개발의 역사는 서양사에서 큰 의미가 있는 게르만 민족의 대이동과 비교해도 결코 작은 일이 아닐 것이다.

아무튼 '한민족의 대이동'이라는 말은 명절을 맞아 고향을 찾아가는 행렬의 대단함을 일컫는 말이다. 전국 어느 곳이나 차가 쏟아져 나와 길을 덮는다. 모든 도로는 자동차의 움직이는 전시장을 넘어 주차장이 되어 버린다. 집중 개발의 시대에 너도나도 서울에 올라와 자리 잡으며 인구 밀도가 높아진 서울 근교의 인구가 전 국민의 반을 넘어서게 되었고, 자주 찾지 못한 고향을 명절 맞아 찾아가는 행렬에 전국의 모든 가족이 이동에 참여하는 한민족의 거국적인 연례행사가 되었다. 전국적으로 이동에 동참하지 않는 가족은 단 한 가족도 없다고 해도 틀린 말은 아닐 것이다. 고속도로에서 지체와 정체를 반복하며 소요되는 시간은 엄청나다. 기름 한 방울 나지 않는 나라에서 도로를 가득 덮은 차들과 그 자동차들이 소비하는 연료를 생각하면 대한민국의 국력 신장이 피부에 와 닿는다.

고향은 가슴속 깊은 곳에 맺혀 어떤 바람에도 흔들리지 않는 기억으로 늘 그리운 곳이다. 평소 고향을 자주 찾지 못하는 발걸음들이 명절을 맞아 한꺼번에 몰리는 현상. 비좁은 승용차의 공간에 갇혀 많게는 열 몇 시간씩, 또 도서 지방의 사람들은 차에서 내려 다시 배로 갈아타는 고생을 기꺼운 마음으로 감내하며 고향을 그리는 걸 보면 우리 민족은 고향을 떠나 있어도 고향을 떠나서는 살 수 없는 민족이란 의미로 '고향족'이라 해도 될 것 같다. 요즘엔 고향의 부모님들이 자식들의 귀성길 고생과 염려를 덜고자 역귀성하는 가족들이 늘고 있다.

우리 가족은 명절 때마다 서울에 있는 큰집에 명절 쇠러 역귀성을 한다. 해마다 추석과 설에 기차표를 예매할 때부터 우리 가족의 명절은 시작된다. 명절에 자가용 승용차를 이용하면 각 도로 상황에 따라 도착 시간을 예측할 수 없어 이동 시간을 정확하고 알뜰하게 사용하기 위해 기차를 이용한다. 대전역에서 오전 8시쯤 기차를 타면 명절에 친척들이 먹을 명절 음식 준비하는 시간에 맞춰 서울의 큰집에 도착할 수 있다. 가끔 서울에 일이 있어 이동할 때 지하철을 이용한 경험에 비추어 보면, 귀성객들이 빠져나간 서울 거리는 한적해서 서울역에서 큰집까지 이동하는 교통의 흐름이 좋았다. 이런 과정을 해마다 겪는 우리 가족은 명절이 되기 전 가장 신경 쓰는 일은 기차표를 예매하는 일이다. 기차표 예매만 제대로 되면 명절을 쇠러 서울을 왕복하는 일의 반은 끝난 셈이다. 해마다 반복되는 일이었지만, 올해는 바쁜 일이 생겨 예년에 비해 기차표 예매를 늦게 하였다. 기차표 예매가 늦어지는 바람에 가족들의 좌석이 한곳으로 모이지 못하고 한 좌석씩 흩어져 앉게 되었다. 누구를 탓할 일도 아니고 그 시간에 기차를 탈 수 있게 된 것만도 다행이었다. 기차에 오르면 승객들에게 양해를 얻어 같이 앉아 갈 수도 있으리라는 일말의 기대를 하며 기차에 올랐다. 예매된 좌석에 가서 양해를 구하려 했으나 그곳에 앉아 있는 승객들도 가족 단위여서 결국, 우리 가족은 뿔뿔이 흩어져 다른 사람들 사이에 앉게 되었다.

낯선 사람들과 앉아 서울까지 이동하는 시간은 내겐 은근한 불편을 준다. 정해진 시간에 도착하는 기차의 특성상 그리 긴 시간이 아닌데도 불구하고 걱정부터 앞선다. 가족이 같이 이동하면서 평소에 나누지 못했던 이런저런 대화를 할 수도 없을 뿐더러 다른 가족들 사이에 끼어 쑥스러운 이방인이 되어야 한다는 것이 낯설기 때문이다. 가족이란 얼마나 편한 테두리인가를 새삼 깨닫게 된다. 곁에 앉은 다른 가족들의 거리낌 없는 대화에 선뜻 끼어들 수도 없는 노릇이라 가벼운 인사를 하고 앉자마자 잠을 청했다. 어쩌면 저들에게도 내가 불청객이어서 서로의 불편함을 줄여 주는 방법으론 잠이 가장 좋은 방법이라 생각했다. 또 큰집에 가면 잠자리가 바뀐 관계로 수면 시간이 부족할 수도 있어 일석이조라 생각했다. 명절을 맞아 친척들을 만난다는 즐거운 마음으로 인해 웬만한 불편은 서로 넉넉하게 넘길 수 있는 것 또한 명절을 맞는 푸근한 마음들일 것이다. 아쉽긴 해도 큰 불편 없이 서울에 올 수 있어 감사한 날이다. 명절엔 흩어진 가족들이 모이는 데 큰 의미가 있지만, 우리 가족은 명절을 맞아 몇 시간의 때 아닌 이산가족이 되어야 했다.

선생님

    교복을 입고 구두를 아침저녁으로 먼지 하나 없이 털던 시절의 담임선생님이 생각난다. 입학을 하고 학급 배정을 받은 후 복도에서 만나 반갑게 미소 지으실 때 눈이 작아서 눈동자가 하나도 보이지 않던 분이시다. 말이 없던 나는 수줍음도 많은데다 선생님께서 다가오시면 알레르기 피부로 얼굴에 각질이 많이 생긴 게 신경이 쓰여 고개를 들지 않고 대답만 하곤 했다. 청소가 끝나도 내 자리에 앉아 집에 갈 생각도 잊은 채 창밖에 흔들리는 나뭇잎을 바라보며 우리 인간들의 살아가는 모습을 생각하기도 했다. 새로 만난 내 짝과 앞뒤에 앉은 친구들은 성격이 활발해 수업이 끝나면 사복으로 갈아입고 시내를 배회하던 학생이었다. 지루한 수업 시간이면 쪽지 편지를 보내 졸음을 쫓아 주고, 각성제를 먹었다는 친구를 위로하고 달래 주며 우정 어린 모습으로 친하게 잘 지냈다. 선생님은 전체 청소 시간이 되면 함께 청소도 하시고, 교련 시간에는 어김없이 우리 곁으로 오셔서 농담도 하시고, 사진사가 오는 날이면 사진도 같이 찍고 즐거워하셨다.

우리 여섯 명 친구 중에 주사를 아주 무서워하는 친구가 있었다. 초겨울 어느 날 예방 주사를 안 맞으려고 1층 우리 교실에서 3층까지 도망치다 그것도 모자랐는지 운동장으로 달아나 선생님과 달리던 귀여운 친구가 있었다. 그 친구가 생활이 어려워지자 여러 선생님들께 부탁하셔서 선생님 구두를 정리하고 등록금을 면제해 졸업장을 받게 했던 가슴 따뜻한 분이셨다. 그 선생님이 2년 내내 담임을 하고 학년 말이 되었다. 한 친구가 같은 반이 되고 싶다며 선생님께 부탁드려 보자고 했다. 나는 친구와 아무 생각 없이 선생님께 말씀드리고 같은 반이 되고 짝이 되었다. 학교에서 가장 느리고 늙어 보이는 삼 학년 생활은 힘든 반면 꿈도 많아 앞날은 누구 못지않게 즐거운 시간만 있을 것 같았다.

어느 날 오후 영어 선생님께서 잠시 교무실로 와 보라신다며 후배가 찾아와 알려 줬다. 마침 구두를 닦아 신어 보고 있던 터라 대담하게도 구두(실외화)를 그대로 신고 교무실에 갔다. 막 교무실에 들어오시던 선생님께서는 무슨 일인가 궁금하여 나에게 다가오더니 웃으시며 교무실에 구두를 신고 오느냐고 하셨다. 모든 것을 다 받아 주실 것 같은 선생님이라서 믿는 마음에 선생님은 상관 마시라고 쏘아붙이고는 교실로 돌아와 수업 준비를 했다. 십 분 정도 늦게 교실에 들어오신 선생님은 자습을 시키고 복도로 나를 불렀다. 너무 믿었던 제자였는데 서운하다고 하시며 교무실로 돌아가셨다. 내 자리로 돌아와 버릇없는 내 행동이 죄송스러워 다음 기회에 꼭 사과드려야겠다고 생각을 했으나 기회는 오지 않고 아무 일도 없었다는 듯이 남은 삼 학년 시간은 흘러만 갔다. 하지만 갈수록 죄송한 마음은 커져만 갔다.

졸업식이 있던 날, 담임선생님과도 사진을 함께 찍지 못했다. 그 선생님은 멀리서 바라보고 계시다가 나와 마주치자 손을 흔드셨다. 미처 죄송하다는 말씀도 못 드리고 교문을 나오는 내 마음은 한없이 무거웠다.

다시 새로운 학교생활은 시작되었고 새 친구와 좀 더 구체적인 꿈을 키우며 지냈다. 어느 날 사진이 필요하여 고교 시절에 늘 드나들던 맹꽁이 사진관을 찾았다. 그 사진관은 내가 다니던 고등학교 졸업 앨범을 해마다 맡아서 하는 곳이라 선생님들도 많이 놀러 오시는 곳인데, 방학이라서인지 그 선생님께서 바둑을 두고 계셨다. 반가운 마음에 인사를 했으나 누구인지 확인만 하시고는 다시 바둑에 열중하셨다. 그 후로도 여전히 인자하신 선생님으로 계신다는 소식을 듣고 있다. 졸업을 하고 몇 해 동안 연하장만 보내 드렸으나 여전히 만나 뵙고 싶다.

제2부　　가을 낮을 서성이다

상큼한 봄바람

    늘어난 일조량이 요지부동일 것 같은 매서운 계절의 수레바퀴를 굴려 이동시켰다. 봄바람은 죽음처럼 깊은 잠을 자는 앙상한 나뭇가지에 온기를 솔솔 불어넣어 겨우내 굳게 빗장 질렀던 가지의 문을 두드린다. 상큼한 봄바람이 내 볼을 쓰다듬는다. 잠자는 생명을 흔들어 깨우는 봄바람이 내 귀밑머리를 흔들어 귀를 살짝살짝 간질이는 촉감에 생명의 기운을 받은 내 마음도 덩달아 즐거워진다. 내 마음에도 단단하게 여문 씨앗이 있다면 이 봄바람에 싹 틔울 준비를 하는 중인지도 모른다. 스치는 바람이 싫지 않아 어쩌면 이 바람을 타고 내게 좋은 소식을 전해 줄 것 같다는 생각을 하며 숨을 크게 들이마신다. 상쾌한 바람이 가슴 가득 채워지며 몸이 가뜬해진다.

동서로 네거리 신호등 앞이다. 상큼한 바람의 영향을 받은 듯 사람들의 경쾌한 옷자락이 성급한 봄꽃처럼 보인다. 얼굴에 나도 모르는 미소가 은은하게 번지고 행복에 젖는다. 움츠렸던 어깨들이 벗어 버린 겨울옷만큼 가벼워져 공중을 향해 허리뼈를 세우고 추위에 눌렸던 마른 가지들 속으로 물길이 열려 우듬지까지 물이 흐르는 소리가 졸졸 들린다. 내 앞에서 바람을 가르며 달리는 자동차의 바퀴와 밀착된 아스팔트의 마찰음마저 휘파람새의 지저귐으로 들린다. 만물이 생동하고 있다. 오늘은 만나는 모든 사람들에게 숨죽였던 겨울을 이겨 내느라 수고했다고 화사한 미소를 꽃다발 대신 선물해도 좋을 것 같다. 무언가 즐거운 일이 있을 것 같은 포근한 예감은 상큼한 봄바람이 내게 날라다 준 행운의 박 씨가 싹을 틔우고 있는 것일지도 모른다. 녹색 신호등으로 바뀌며 흘러나오는 전자 신호음마저 평소와 다르게 산뜻하게 들린다. 꿈을 꾸는 듯한 동공에 녹색 불빛이 들어오고 이어서 건널목에 발 디딘 사람들이 사뿐사뿐 구름 위를 걷는 듯이 보인다.

바람의 종류에도 여러 가지가 있다. 오늘같이 산뜻한 봄바람은 동풍이다. 겨우내 동장군의 위력을 떨치던 북풍을 몰아내는 봄의 기운이 바람의 방향마저 바꾼다. 동서남북 방위를 그려 놓고 바람의 종류를 써 보면 바람의 방향이 시곗바늘 회전 방향으로 계절을 쫓아가는 것을 발견할 수 있다. 동풍(東風)은 봄철에 부는 따뜻한 바람인데, 같은 동풍을 두고도 여러 이름이 있다. '샛바람'은 뱃사람들이 동풍을 은어로 이르는 말이고, 농가에서는 같은 바람을 '동부새'라고 한다. '곡풍(谷風)'도 동풍을 의미하며 '명서풍(明庶風)'도 동풍을 의미한다. 동쪽에서 부는 바람은 봄바람으로 잠자는 초목들에게 생기를 불어넣는다.

봄을 지나 여름으로 계절이 바뀌면 바람의 방향도 따뜻한 남쪽에서부터 출발하여 북쪽을 향해 분다. 남풍은 뱃사람들에게 '마파람'이라는 은어로 통용되었고, 바람에 민감했을 뱃사람들은 같은 남풍을 '오풍(午風)'이라고도 했다. 오(午)는 한낮의 시간이니 그런 이름을 붙인 것으로 이해된다. 따뜻한 남쪽 바람을 의미하는 이름은 그 외에도 '개풍(凱風)', '경풍(景風)', '앞바람', '마풍(麻風)'이라고도 했다.

여름이 지나고 가을에 들어서면 바람의 방향은 서풍으로 바뀐다. 서풍을 '하늬바람'이라고 했는데, 농가나 어촌에서 동일하게 사용한 말이다. '하늬바람에 곡식이 모질어진다'는 말은 서풍이 불면 곡식이 여문다는 말이다. 뱃사람들은 서풍을 '갈바람', '가수알바람'이라고도 했다. '갈바람에 곡식이 혀를 빼물고 자란다'는 말은 가을이 오려고 서풍이 불기 시작하면 곡식들이 놀랄 만큼 빨리 자라고 익어 감을 비유적으로 이른 말이다.

뱃사람들은 북쪽에서 부는 북풍을 '덴바람', '된바람'이라고도 했다. 특히 '된바람'은 몹시 빠르고 기세 있게 부는 바람을 의미하는 것을 보면 뱃일을 하면서 겨울바람이 얼마나 추웠으면 '된'을 붙였을까 미루어 짐작할 수 있다.

동서남북의 방위별로 부는 바람들 사이에 끼어 완전히 계절이 변하기 전에 부는 바람들도 있다. 동쪽과 남쪽의 중간인 남동쪽 바람, 즉 남동풍은 뱃사람들은 '시마'라고 했다. 봄에서 여름으로 넘어가는 계절 변화의 중간에 있어 바람이 조금 세게 부는 경우가 많았는지 '된마파람'이라고 했고 '샛마파람'이라고도 했다. 샛마파람은 동풍인 샛바람과 남풍인 마파람의 중간인 동남풍의 두 이름을 섞어서 만든 걸로 이해된다. 여름에서 가을로 진행하는 남서풍을 '갈마바람'이라고 한다. 서풍을 의미하는 갈바람과 남풍을 의미하는 마파람의 이름을 합성하여 남서풍의 이름을 만든 것이라 생각한다. 또 서쪽과 북쪽의 사이에서 부는 북서풍을 '높하늬바람'이라고 한다.

계절에 따른 동서남북 방위를 쫓아 이동하는 바람이 아닌 지형적 특성이나 다른 원인들에 의한 바람의 이름들도 있다. 동풍은 봄에 불어야 하는데, 가을에 동풍이 부는 경우가 있다. 가을이 막 시작하는 무렵에 동쪽에서 불어오는 센 바람이 있는데, 이를 들어 '강쇠바람', 또는 '강소풍(强素風)'이라고 한다. 봄부터 초여름에 태백산맥을 넘어 영서 지방으로 부는, 농작물에 피해를 주는 고온 건조한 북동풍을 '높새바람', 또는 '녹새풍(綠塞風)'이라고도 한다. 또 산기슭이나 골짜기로부터 산꼭대기를 향해 부는 바람을 '골바람'이라고 한다. 농어촌 생활이 주된 삶의 터전이었던 우리 선조들은 일기 변화에 민감할 수밖에 없었던 관계로 계절에 따른 바람의 영향에도 민감해서 다양한 이름을 붙이게 된 것이리라.

상큼한 봄바람을 즐기며 횡단보도 중간쯤 왔는데, 이동전화 벨이 울렸다. 낯선 전화번호라 받을까 말까 망설이다 전화를 받았다. 정말 오랫동안 잊었던 반가운 친구다. 봄바람이 내게 선물한 것 같아 한껏 부푼 마음으로 친구와 수다를 떤다. 남편의 사업이 잘못되어 연락도 못 하고 갑자기 대전을 떠나게 된 사연을 듣게 되었다. 고등학교 졸업 후에도 꾸준히 마음을 나누던 친구가 갑자기 연락을 끊어야 했던 사연을 듣는 중간중간 미세한 떨림과 울먹임이 내 귀에 파동을 일으킨다. 그간의 마음고생이 얼마나 심했는지 친구의 얼굴이 눈앞에 클로즈업된 듯 선했다. 빠른 시간에 점심이라도 같이하자고 했다. 이제 다시 연락이 되었으니 그전처럼 수다를 떨면서 살자고도 했다. 봄을 맞아 연락이 왔으니 그 친구 가정도 생기 있게 일어나리라 믿는다. 올봄엔 꽃이 더욱 아름다울 것 같다.

구름 속의 태양

　무연한 별들만 밤새 지켰던 동녘 하늘이 구름에 잔뜩 눌려 있습니다. 별들이 집으로 돌아가는 꼬리를 감추기 위해 심술궂게 담묵처럼 구름을 뿌려 놓은 것입니다. 은신처를 공개하지 않고 신비함을 더하려는 별들의 언어가 귓가에 맴돕니다. 밤하늘에서만 희미한 모습을 드러내겠다는 의도, 그 의표를 깨려는 태양의 시간은 점점 다가오고 있습니다. 누군가는 사실을 가리려하고, 누군가는 그 사실을 밝히려 하는 사람들 사는 모습과 별반 차이가 없습니다. 어둔 밤의 뒤꿈치를 물고 들어서는 동살은 어둠과 극적인 대비가 되어 더욱 찬란할 수밖에 없습니다. 어떠한 극한과 극한의 대비라도 밤과 낮처럼 극명한 차이를 보이는 것도 없을 겁니다. 태양은 이글거리는 빛을 잃지 않고 타오르며 정해진 궤적을 그릴 것이지만 구름에 가린 하늘은 아직 태양을 끌어올리지 못하고 있습니다.

붉은 땀을 흘리며 구름 속을 힘겹게 비집고 구름 사이사이에 햇살을 질러 넣어 틈을 만들어 가는 것을 보고 태양이 떠오르고 있음이 느껴집니다. 빛을 후미진 곳 없이 쏟아 내기 위하여 태양은 동그란 덩어리가 되었다는 생각을 해 봅니다. 그러면 그렇지, 구름에 가려 그 빛이 반감된다 해도 아침은 어김없이 동쪽 하늘을 찾아오는 변하지 않는 진리. 태양의 시간이 다가오는 동쪽 하늘을 한참 응시합니다. 평소보다 조금 늦은 시간에 구름 위로 불쑥 모습 드러낸 태양이 반갑습니다. 아침노을이 오늘따라 더 화려하게 보이는 것은 땀을 흘린 태양의 노고를 생각하기 때문입니다.

엄연히 존재하는 빛을 가리려는 구름. 그 구름을 보며 거짓으로 진실을 왜곡하는 암울한 현실 같은 눈속임이란 생각을 해 봅니다. 거짓으로 가린다 해도 언젠가는 드러나는 진실, 설령 드러나지 않는다 해도 거짓을 만들거나 행한 주체는 그 진실이 가슴에 화인으로 찍혀 천형처럼 살아야겠지요. 구름에 가려진 태양처럼 보이지 않아도 이글거리는 진실, 또는 아직 뚜껑이 열리지 않아 불안하고 궁금한 미래. 구름 낀 하늘을 보며 아직 맑지 않은 현실에 발을 딛고 있는 내 처지를 돌아봅니다. 확고하지 못해 혼란스러운 현재로 인해 다가올 미래 역시 미완으로 진행될까 두렵기도 합니다. 아침마다 찬란하게 빛을 쏟아 내는 태양처럼 정해진 궤적으로 미래를 그릴 수 있다면 좋을 것 같아서 태양의 길을 잠시 부러워 해 봅니다.

정해진 길을 정해진 대로 간다면 예정론이라 말할 수 있겠지요. 현재를 어떻게 보내든 이미 결정된 미래라면 현실에 충실할 이유가 사라질 거란 걱정도 됩니다. 미래는 미리 알 수 없는 미제의 상태가 좋겠다는 당연한 결론을 도출합니다. 살아 보지 않은 미래는 그 모습이 그려지지 않아 아득하지만 정해진 것이 없어서 지금보다는 나아질 거라는 막연하지만 희망이란 큰 자산을 품고 현실에 충실하려 노력하는 충분한 이유가 될 것입니다.

태양처럼 환한 빛을 내 안에 품고 있으면 언젠가 구름 걷히는 날 활활 타오르는 빛을 쏟아 낼 수 있을 겁니다. 그런 미래의 당당해서 더 밝을 내 모습을 기대하며 지금은 내 안에 빛을 축적해야 하는 소중한 시간임을 자각하게 됩니다. 구름이 끼어 있다고 태양이 신경 써 본 적은 없을 겁니다. 환한 빛의 덩어리인 태양은 여여한 빛으로 이글거리며 제 길을 걸을 뿐입니다. 내 자신이 태양처럼 끝없는 빛을 뿜어낼 수 있다면 캄캄한 세상의 미래라 해도 굳이 불안함을 가질 필요가 없겠다는 생각입니다. 나 하나 빛을 발하며 밝은 빛을 만들어 가면 되는 것입니다. 결국, 내가 빛이 되느냐 안 되느냐의 문제일 겁니다. 부족한 현실에 발을 디디고 있어도 미래에 대한 걱정만으로 눌려 사는 것보다 찬란한 미래를 위해 지금 내 안의 완성도를 조금씩 높이는 것이 중요하다는 것입니다. 미래에 대한 방향 설정에 따라 내가 빛 덩어리가 되기 위해 한 걸음씩 전진하는 것만이 왕도가 될 것입니다. 내가 충실한 만큼 내 안은 풍부해져 있을 것이고 남이 알아주지 않아도 내가 넓혀 놓은 영역만큼 풍성한 삶을 누릴 테니까요.

구름에 가려져 있다 한들 태양빛이 흔들리지 않는다는 진리. 내 주변 상황이 나를 가리려 흔들어 대도 흔들리지 않는 빛을 품고 내 역할을 수행하고 목소리를 내는 완성도 높은 사람이 되어 있는 미래를 상상해 봅니다. 구름 낀 날들처럼 앞날이 막막하여도 참고 견디면서 목표로 정한 방향대로 황소걸음으로 꾸준하게 걸어가면 미래가 나를 환하게 맞아 주리라 확신합니다. 동녘 하늘에 구름을 이겨 내고 불쑥 태양이 솟았습니다. 이 아침 해를 가슴에 품은 내 온몸에 덩달아 힘이 불끈 솟습니다.

거북이 걸음

대설주의보와 한파주의보가 한꺼번에 내려졌다. 눈이 내린 위를 차들이 지나며 다져 놓은 도로는 미끄럼틀이 되었다가 온도가 떨어지면서 아예 빙판이 되어 버렸다. 인도를 걷는 사람들도 미끄러워 비틀비틀 몸 가누기가 쉽지 않다. 내가 탄 육중한 버스가 엉금엉금 기어간다. 외출했다 돌아오는 내내 거북이 걸음으로 기어야 했다. 전국이 눈 쌓인 길 위에서 거북이가 된 것이다. 간신히 집에 들어오니 언니에게서 전화가 왔다. 신분증을 잘 가지고 다니라는 내용이다. 그 말에는 오늘 같은 날 밖에 다니다가는 사고라도 당할 수 있으니 가능하면 외출하지 말라는 말을 에둘러서 표현한 것이다. 심각한 날씨인 것이 분명하다. TV에서도 온통 눈에 대한 보도로 가득했고, 강원도 영월에서는 버스가 충돌해서 13명이나 부상을 입었다고 한다. 갑자기 많은 양의 눈이 쏟아져 감당할 수 없는 자연의 위력 앞에 인간의 능력이 얼마나 보잘것없는 것인지 다시 한번 돌아보는 날이었다.

저녁 먹고 컴퓨터 앞에 앉아 아찔했던 오늘 하루를 돌아보며 궁금한 것들을 일기장에 정리해 본다. 겨울철에 기상예보를 접하다 보면 대설주의보와 한파주의보라는 말을 자주 듣게 된다. 대략 눈이 많이 오고 몹시 춥겠구나 정도로 이해하고 넘어가는 말이다. 어떤 기준점에서 대설주의보와 한파주의보가 내려지는지 궁금했다. 겨울철에 우리 생활과 밀접한 '눈'이라는 말은 사전에 '대기 중의 수증기가 찬 기운을 만나 얼어서 땅 위로 떨어지는 흰색의 결정체. 우리나라에서는 주로 겨울철에 내리며 함박눈, 가루눈, 싸락눈 등이 있다'로 표현되어 있다. 공중에 떠도는 수증기들이 찬 공기를 만나면 눈이라는 결정체가 되는 것을 알게 된다. 즉 수증기가 얼어 형체를 갖추게 된 것이 눈이라는 뜻이다.

'대설주의보'란 말을 검색해 보니 많은 질문들이 컴퓨터 화면에 있는 것을 보고 나만 궁금해하는 것이 아니었다고 슬쩍 웃는다. 많은 글 중 대전 지방 기상청 동두천 기상대에서 답변한 내용을 보면, '대설특보'에는 '대설주의보'와 '대설경보'가 있다고 한다. 24시간 신적설이 5㎝ 이상 예상될 때 대설주의보를 내리고, 24시간 신적설이 20㎝ 이상 예상될 때, 산지는 30㎝ 이상 예상될 때 대설경보를 내린다고 한다. 하루에 내리는 눈의 양을 예상하여 피해를 줄이기 위해 대비하라고 발령을 하는 것이다.

내친김에 '한파주의보'와 '한파경보'도 검색해 본다. 부산 지방 기상청 안동 기동대에서 답변한 글을 옮겨 본다. 한파주의 보는 10월에서 4월에 다음 중 하나에 해당하는 경우에 발령한다고 쓰여 있다. 첫째, 아침 최저 기온이 전날보다 10도 이상 하강하여 3도 이하이고, 평년값보다 3도가 낮을 것으로 예상될 때, 둘째, 아침 최저 기온이 영하 12도 이하가 2일 이상 지속될 것으로 예상될 때, 셋째, 급격한 저온 현상으로 중대한 피해가 예상될 때 한파주의보를 발령한다고 한다. 한파경보는 첫째, 아침 최저 기온이 전날보다 15도 이상 하강하여 3도 이하이고, 평년값보다 3도가 낮을 것으로 예상될 때, 둘째, 아침 최저 기온이 영하 15도 이하가 2일 이상 지속될 것으로 예상될 때, 셋째, 급격한 저온 현상으로 광범위한 지역에서 중대한 피해가 예상될 때라고 쓰여 있었다. 인터넷 검색창에 누군가 질문하며 알려 달라고 하면 기상청에서 친절하게 이런 답변까지 해주는 살기 좋은 세상이다.

눈이 많이 왔을 때 각 지방 행정관청에서는 국민들의 편의와 안전을 위해 제설 차량들이 발 빠르게 움직인다. 제설제는 눈의 어는점을 낮추어 내린 눈이 얼지 않은 상태에서 녹게 만드는 것으로 염화칼슘, 염화마그네슘, 염화나트륨(소금) 등이 주로 쓰인다고 한다. 얼음과 물이 섞여 있는 눈은 과냉각 상태로 물이 얼음이 되기 위해서는 에너지(융해열)가 필요한데, 제설제가 이 열을 빼앗아 얼지 못하도록 하는 것이라고 한다. 제설제는 어는점을 영하로 많이 낮추어 얼음 상태의 눈을 순식간에 녹게 만들어 제설 효과가 크다는 것이다. 날이 몹시 추운 날에 눈이 내려도 길 위의 눈들이 얼지 않고 녹는 것이 제설제를 뿌린 곳마다 빙점을 낮추어 얼지 못하도록 만든 것이라고 이해하면 될 것 같다. 오늘처럼 많은 양의 눈이 내리면 차들이 서로 엉켜 제설제를 뿌리는 차량조차 발이 묶여 교통 흐름은 엉망이 된다.

개인적으로 눈을 보면 기분이 좋아진다. 눈꽃들이 핀 경치 감상을 좋아한다. 그러면서도 한편으로는 부정적인 시각을 갖고 있기도 하다. 눈은 내릴 때는 깨끗하여 천사 같은 얼굴이지만 제설을 제때 하지 못하여 빙판이 되면 그 위에서 일어나는 사고들로 인해 악마의 얼굴로 변하고 녹을 때의 그 질척거림이 길을 지저분하게 만들어 버리는 걸 생각해 보면 눈은 다양한 속성을 지니고 있다는 생각이다.

눈으로 인해 불편했던 오늘은 얄궂은 하루였다.

선 사 유 적 지

"이곳은 청동기 시대 3기의 집터 유적지로, 1991년 3월 둔산 지구를 개발하면서 원래 발견된 집터 자리에서 북쪽으로 약 15m 지점으로 옮겨 놓은 유적지입니다. 이들 유적지에서는 팽이형 민무늬토기편, 가락토기, 돌도끼, 돌화살촉 등의 유물이 출토되었습니다. 출토된 유물은 공주박물관에 소장되어 있습니다."

윗글은 대전 둔산 지역에 있는 선사 시대 유적지에 대한 안내 표지문입니다. 대전의 신도심이 된 둔산의 빽빽한 건물들 사이에 공원처럼 조성하여 지나는 시민들이 언제나 들릴 수 있도록 조성된 쉼터 같은 친근한 유적지입니다. 가끔 옛사람들은 어떻게 살았을까란 생각을 해 볼 때가 있습니다. 날이 춥거나 더울 때 문명이라는 것의 개념조차 없었을 시대에 살아온 사람들은 변변한 옷도 없었고, 농사란 개념도 채 자리 잡기 전 시대의 사람들에 대한 삶이 궁금하여 사는 곳과 가까운 둔산의 선사 유적지를 들렀습니다.

나지막한 구릉에 띳집을 얼기설기 엮어 비를 피하고 추위를 피했던 흔적을 재현해 놓은 곳이 눈에 들어옵니다. 이곳에는 언덕의 북쪽 경사면에 신석기 시대의 움집터가 있고, 언덕의 꼭대기에 청동기 시대의 움집터가 있습니다. 특이하게도 남쪽의 햇볕 좋은 곳을 향하지 않고 있는 신석기 시대의 움집터는 북쪽을 향하고 있었습니다. 신석기 시대 움집터에 기록된 안내 표지에 근거하면 북쪽의 갑천이 유적지 근방까지 범람해서 그 물의 흐름을 파악하기 위한 방편이 아니었을까 생각해 봅니다. 갑천 유역에 생활 근거를 두고 고기잡이와 초보적인 농경으로 생계를 이어 갔을 주민들은 15-20여 명의 규모로 생산과 소비를 공동으로 영위한 친족 공동체로 추정한다고 되어 있습니다.

치수를 할 능력이 되지 않던 시대의 사람들은 언덕에 집을 짓고 생활의 터전인 갑천이 범람하면 피할 길은 언덕밖에 없었을 상황, 삶은 주어진 환경에 적응하며 살 수밖에 없었을 것입니다. 자연이 인간에게 허락한 것들만 받아들이고 사용하며, 가공이나 인공의 개념이 없는 자연에 순응하던 자연인들이 떠올랐습니다. 저장의 개념도 없지는 않았을 테지만 잉여의 개념이 현대처럼 대형화될 것은 생각조차 할 수 없었던 한정된 수요의 삶이었을 겁니다. 주어진 것에 만족하고 때론 자연재해에 발을 동동 구르면서도 말없이 받아들였어야 했던 삶. 비바람을 피하는 움집의 입구에 나무로 대충 엮은 목책의 문을 통해 허름해서 더 어두운 옛사람들의 흔적을 볼 수 있었습니다. 그 안에 있는 형태는 한눈에 보아도 자연인들의 삶이 동영상처럼 보이는 듯했습니다.

언덕 꼭대기에는 청동기 시대의 움집터가 있습니다. 하천의 범람을 경험한 사람들은 큰 차이는 없다 해도 좀 더 높은 곳에 삶의 터가 필요했었을 거란 유추가 가능합니다. 언덕 꼭대기에 동서 방향으로 길게 자리 잡은 청동기 시대의 움집터. 동쪽에 긴 돌로 덧대어 만든 화덕 2개가 있고, 서쪽에 저장용 토기를 놓아 집 가운데에 커다란 공간을 두었다고 합니다. 기둥은 양쪽 가장자리에 세웠고, 겹아가리의 토기와 목기형 토기, 화살촉 파편, 돌도끼 등이 나왔다고 합니다. 신석기 시대를 거치며 옛사람들의 삶에 대한 경험이 축적되면서 좀 더 강한 무기인 청동기를 개발하여 고기를 잡고 사냥을 하는 것의 발전을 이루었으며 높은 곳에서 사방을 경계하며 살았을 청동기 시대의 움집터. 예나 지금이나 살아가는 방법은 자연환경과 조화를 이루는 가운데 자연재해와 싸우면서 하나씩 문명을 만들어 가는 과정의 흔적입니다. 난방기와 냉장고 등의 문명의 이기는 개발된 시기가 그리 멀지 않은 과거임을 생각해 보면 자연 그대로 살아야 했던 선조들은 고생이 많았을 것입니다.

지구상에 사람만큼 대단한 존재는 없었고 앞으로도 없을 겁니다. 문명의 변화 속도가 얼마나 빠른지 자고 일어나면 새로 개발된 편리한 기기들이 범람합니다. 하기야 사람의 수명이 늘면서 지구에 사는 사람들의 숫자는 지구라는 별이 탄생한 이래 가장 많은 숫자일 거라 생각합니다. 이 많은 사람들이 살아가야 하니 무언가 새로운 것들을 만들지 않으면 살 수 없을 겁니다. 한정된 공간에 더 많은 사람들이 살아가야 하니, 집들은 위로위로 층층이 쌓아 가야 하고, 빠른 속도로 점점 넓혀지는 생활 반경이 필요했을 것입니다. 속도의 시대에 살아가는 바쁜 현대인들의 삶이 지칠 때, 선조들이 살았던 아득한 시대의 현장을 돌아보며 가끔은 속도를 줄이고 느림의 시간에 시계를 맞추어 도시 생활의 틈을 스스로 만들어 보는 것도 괜찮겠다고 생각합니다.

가을 낮을 서성이다

회덕초등학교에서 특기 적성 수업이 있는 날이다. 따뜻할 것이라는 일기예보와 달리 싸늘한 기운이 몸에 파고드는 날씨였다. 어설픈 날씨에 찬바람이 몸 안을 헤집으면 아주 추운 겨울 날씨보다도 우리 몸은 더 추위를 느끼게 되어 있다. 회덕은 조선 시대에는 회덕현이 있던 곳이다. 하기야 대전의 옛 이름이 '한밭'이었던 것을 보면 인구가 많은 곳이 아닌 너른 평야의 밭과 논이 많은 지역이었음을 추측할 수 있다. 근대에 대전에 철도가 부설되어 개발되면서 대전은 급격한 성장의 길에 들어섰다. 개발의 주도권을 대전에 빼앗긴 회덕, 회덕면으로 그 명맥을 이어 오다 대덕군이 대전광역시에 편입이 되면서 대전에 포함된 곳이다. 버스를 타면 대전 시내에서 멀지 않은 곳인데,

교통이 불편했던 시대에 그렇게 나뉘어졌던 곳이 대전에 포함된 것이다.

나는 회덕초등학교에서 논술 수업을 진행하고 있었는데, 논술 수업을 받는 아이들은 저학년인 1−2학년생들이 많았다. 너무 어려서 처음 수업에 들어갔을 때 내심 당혹했었다. 내 눈높이를 아이들에게 맞추어야 하는 것과 그 아이들이 얼마나 이해를 하고 진도를 따라올 수 있을까에 대한 고민이 많았었다. 그런데 아이들의 초롱초롱한 눈망울과 마주치면서 아이들에게 먼저 사랑과 용기를 주어야겠다고 다짐했다. 아이들이라 해도 전심을 다해 정성을 들이는 것을 모를 리 없다는 생각은 곧 답을 얻었다. 그 이후 아이들은 내 수업을 잘 따라 주었다. 나는 최대한 쉬운 단어들을 사용하여 아이들과 동화되기 위해 노력했고 이해하지 못하는 것 같을 때는 몇 번씩 반복하여 설명하며 아이들과 친해졌다.

수업을 받는 아이들 중에 유독 산만한 아이가 있었다. 그 아이는 책상 위를 뛰어다니기도 했었고, 수업 시간에 정신이 집중되지 않아 옆에 앉은 아이들의 수업까지도 방해를 하는 아이였다. 나는 수업에 들어갈 때마다 그 아이에 대한 생각과 그 아이의 집중력을 높이는 방법 등을 생각하면서 고민을 많이 했다. 딱히, 다른 방법은 생각나지 않고 사랑하는 마음으로 정성을 다해 대하는 것이 최선이라는 결론을 내렸다. 그 이후 아이는 내

관심을 받으며 놀라운 변화가 일어났다. 수업에 집중하며 다른 아이들보다 더 열심히 공부를 하는 것이었다. 그 아이의 산만한 행동들은 나의 관심을 끌기 위한 아이 나름의 방식이었던 것이다. 속사정은 알 수 없지만 사랑을 받고 싶어도 받을 수 없는 개별적 상황들에 의해 아이들의 행동 양태는 여러 가지 방식으로 나타나는 것이다. 사랑이라는 것과 정성이라는 것은 많은 사람들에게 긍정의 효과를 가져오게 되고, 나아가서 어린이일 경우에 미래를 살아가는 큰 힘이 될 것이다.

가을 하늘이 내려앉은 초등학교의 나지막한 경사진 진입로를 따라 베고니아가 곱게 피어 있었다. 경사진 진입로는 십여 미터밖에 되지 않는 짧은 거리였으나, 꽃을 감상하며 걷는 길은 내마음을 포근하게 만들 수 있는 충분한 거리였다. 꽃의 아름다운 자태에 미소를 지으며 여유 있는 걸음으로 운동장에 들어섰다. 평평하게 잘 다듬어진 운동장에서는 아이들이 뛰어놀았다. 자동차들이 다니는 아스팔트와 불과 몇 십 미터 떨어진 이곳 운동장에서는 바깥세상과는 시간의 개념이 확연히 달라 바쁠 것 없는 가을 햇살이 한적한 풍경을 연출하고 있었다. 자동차만 없어도, 딱딱한 아스팔트가 아닌 자연스런 흙에서 풍기는 여유로운 느낌의 묘를 연출하고 있었다. 세상의 모든 풍경 사진에서 사람만 들어가지 않으면 명품이 된다고 했던 말이 생각났다. 인위를 빼면 자연스러움으로 포근함을 느낄 수 있는 것이다. 초등학생 시절이었던 옛 시골의 풍경이 순간적으로 겹쳐지면서 내 어린 시절이 운동장에 펼쳐진 것 같았다. 아이들이 타고 노는 자전거 바퀴를 내 눈이 따라가며 운동장에서 내가 뛰어노는 듯했다. 내 유년을 보는 듯 멈춘 가을의 한낮, 볕 속에서 시간을 멈춰 세우고 한참을 그렇게 서 있었다.

현재보다 먼 과거일수록 그 시절의 내 시간은 천천히 흘렀던 기억이 났다. 특히, 초등학교 시절의 시간은 거의 멈춘 듯 더디게 흐르던 시절이었던 것이 떠올랐고, 나이 들면서 점점 빨라지는 시간을 멈출 방법은 없는 것인지 부질없는 생각을 하다 특기 적성을 진행하려 교실을 향해 걸음을 옮겼다. 오늘 내게서 교육을 받을 아이들도 먼 훗날 무심한 일상으로 눈여겨보지 않았을 운동장을 추억이라는 이름으로 아련히 그리워할 날이 올 것이다. 세월은 빠르지만 우리의 후진들은 이렇게 자라고 있고, 이 아이들의 눈에 비치는 세상은 우리의 과거처럼 아름다운 흔적으로 남아 삶의 힘이 될 것임에 틀림없다. 아이들과의 만남을 준비하고 학교의 교정을 걸어 교실까지 오는 중간중간의 모습은 결국 내 유년을 추억하는 시간이고, 아이들에게 가르치는 일들이 작아도 작지 않고, 큰 의미 있는 일이 될 것이라 확신한다.

영 화 「타 짜」를 보 던 날

　모처럼 가족들과 영화를 보게 되었다. 나는 아이들의 뒷바라
지에 내 시간의 거의 전부를 쏟아붓는 과정을 겪으면서 영화를
보는 호사는 꿈도 꾸지 못했었다. 가족들과 영화를 본다는 생
각만으로도 문화생활이라는 말이 머릿속을 떠돌며 들뜨게 되었
다. 가족들이 영화관에 가서 무슨 영화를 볼 것인지 결정하는
과정마저도 즐거운 일이었다.

　우린 「타짜」를 보기로 했다. 영화관 입구에서 팝콘을 사며 즐
겁게 대화를 나누는 동안 나만 즐거워한 것이 아니라 내 아이
들과 남편이 즐거워하는 마음이 내게 전달되었다. 상영관 입구
의 좌석 배치도를 확인하고 영화관 안에 들어가 안내등을 보며
좌석을 찾아 나란히 앉았다. 얼마 만에 앉아 보는 영화관의 좌

석이었던지 영화관 실내의 이곳저곳을 두리번거리며 모든 환경을 기억에 남기려는 것처럼 영화가 시작되기 전의 분위기를 마음껏 즐겼다.

예나 지금이나 영화관엔 연인으로 보이는 사람들이 많았다. 영화가 시작되면 실내는 더욱 어두워질 것이고, 모두들 스크린의 속도감에 눈을 떼지 못하게 될 것이다. 연인들에게는 아름다운 추억이 될 것이리라. 가족 단위로 온 사람들은 그리 많은 것 같지 않아 뿌듯한 마음이 솟아났다.

「타짜」는 박진감 넘치는 영화였다. 가구 공장에서 일하던 주인공 '고니'는 전문 타짜들인 백무석 일당이 벌인 화투판에 끼어들어 삼 년 동안 모았던 돈을 모두 잃게 된다. 고니는 전문 도박꾼에 걸린 것을 알고 찾아다니다 한 창고에서 전설의 타짜 '평경장'을 만난다. 잃었던 돈의 다섯 배를 따면 화투를 그만두겠다는 약속과 함께 평경장과 동행 길에 오른다. 타짜에게 당한 고니가 타짜가 되었고, 도박판의 꽃 설계자 정 마담을 만나 의기투합하여 돌이킬 수 없는 도박의 길에 들어선다. 화투판의 '화'가 꽃을 의미함으로 정 마담을 '꽃 설계자'라고 지칭한 것 같다.

고니가 정 마담과 움직이려는 걸 눈치 챈 평경장은 고니와 정 마담의 운명적인 만남을 인정한 것인지, 모든 것은 고니가 자신의 길을 스스로 결정해야 한다는 것인지, 아니면 그러한 타짜 세계의 고니와 같은 동류들을 많이 보아 왔다는 뜻이 담긴 것인지 알 수 없는 묘한 달관의 표정으로 유유히 기차에 올라 사라진다.

진정한 고수는 몸을 빼내야 할 때를 정확히 알고 있는 것이 아닐까라는 생각이 들었다. 요란스러운 입담의 고광렬을 만난 고니는 그와 함께 전국의 화투판을 휩쓴다. 고니는 한 술집에서 '화란'을 만나서 사랑에 빠지지만, 타짜들은 전국을 떠도는 삶을 살고 있었기 때문에 한곳에 머물러야 하는 일반적인 사랑은 쉬운 것이 아니었다. 전국을 돌다 타짜의 길을 걷게 한 장본인인 백무석과 그를 조종하는 곽철용을 만나 보기 좋게 복수를 한다. 곽철용은 '아귀'에게 도움을 청하고 아귀는 정 마담을 미끼로 고니와 고광렬을 끌어들여 '죽음의 한판'을 벌인다.

고광렬은 남들 버는 만큼만 따면 된다는 직장인 마인드의 인간미 넘치는 타짜여서 고니를 말린다. 그러나 고광렬의 만류를 뿌리치고 사랑하는 여자 화란마저 뒤로한 채, 죽음의 한판에 뛰어든다. 처음 판을 시작할 때부터 아귀는 부하 하나에게 큰 망치를 들고 서 있다가 속임수를 쓰는 자의 손을 내리치라고 명령을 하고 시작한다. 결국, 마지막 판에 아귀의 눈을 유도해 속이는 것처럼 하여 아귀를 걸려들게 한다.

피도 눈물도 없는 것이 노름판의 규칙이다. 자신의 부하에게 판을 시작할 때 명령했던 대로 부하는 아귀의 손을 향해 망치를 내려친다. 아귀는 부하의 손에 든 망치로 손을 잃게 된다. 고니는 돈을 넣은 가방을 들고 열차에 올랐지만, 달리는 열차가 일으키는 바람에 그날 딴 돈을 모두 날린다. 인간의 욕망이 헛되고 헛됨을, 땀 흘리지 않고 번 돈은 쉽게 잃는다는 교훈을 보여주려 그 장면을 연출했다는 생각이 든다.

잃은 돈의 다섯 배만 회수하면 그만두겠다던 처음의 생각은 사라지고, 좀 더 큰 판을 쫓아다니던 고니. 욕망이 욕망을 키워 주체할 수 없게 커진 욕망에게 포로가 되는 인간의 심리를 세밀하게 묘사한 영화 「타짜」를 보는 내내 손에 땀을 쥐었다. 평경장이 전설로 남은 이유도 자신의 끝없는 욕망을 절제할 줄 아는 것에 있었을 것이다.

정 마담과 고니가 만났을 때, 평경장이 고니를 데리고 가지 않은 이유도 고니의 마음속에 있는 욕망을 읽었기 때문일 것이다. 끓어오르는 욕망을 무서우리만치 절제하는 영화 속 평경장, 나는 그 평경장이 노름판을 떠돌아도 탈속한 인물처럼 속되지 않게 그려진 것에서 배우는 것이 많았다.

세상의 모든 곳에는 그 분야의 고수들이 있다. 고수들은 그 곳에 오르기까지 노력한 것은 물론, 그 이후의 유지는 절제에 있는 것이라는 생각을 한다. 그것에 비하면 고니는 그저 기술만 익혀 사용하는 애송이로 비쳐진 것이다. 화면 속 배우들의 동작들, 그리고 긴박감을 오감으로 느끼게 하는 영화관의 사운드 시스템에서 나오는 소리들로 완전히 영화에 몰입되었다. 객

석을 어둡게 하여 스크린만을 집중하도록 한 영화관의 상영 시
간 내내 잠시도 눈을 뗄 수 없도록 관객을 사로잡는 스토리의
진행. 오랜만에 보는 우리나라 영화의 발전되고 진전된 여러 환
경이 놀라웠다.

매미 울음으로 여름의 기울기를 느끼다

한여름이 스러지기 시작하면서 매미의 울음이 절정을 지난 듯 왠지 쓸쓸함이 묻어나기 시작한다. 매미는 땅속에서 애벌레 시기를 몇 년 지나고 뜨거운 여름에 지상에 나와 우화를 하여 불과 며칠 동안 목청을 데우며 산다고 한다.

지금 스러지는 여름에 나온 매미들의 울음에 쓸쓸함이 묻어 난다. 어쩌면 저들이 뒤늦게 우화를 하는 바람에 짝짓기를 못 하는 것일 수도, 짧은 지상의 시간이 어두운 세월을 돌아본 후 유증에서 오는 서러움이 묻어나는 것일지도 모른다는 생각이 든다. 한여름의 땡볕 아래서 우는 매미의 우렁찬 울음소리는 참 매미의 소리일 것이다. 쓰르라미의 소리든지 참매미의 울음소 리든지 한여름에 듣는 매미 소리는 요즘보다 훨씬 힘이 솟아나는 것을 분명히 느낄 수 있다.

1주일에 불과한 지상에서의 삶을 위해서 지하에서 어둔 생활 몇 년을 견뎌야 하는 매미의 일생은 태생 자체가 울음을 안고 있다는 생각을 해 본다. 달리 생각을 하면 어둠 속을 기어 다니다가 날개를 달고 불과 며칠만이라도 하늘을 훨훨 날아다니는 것이 행복일 수도 있겠다.

어쨌든 오늘의 매미 울음은 여름이 기울고 있다고, 아쉽다고 울어 대는 하소연으로 들린다. 어쩌면 내 마음이 뜨거운 여름을 지나는 햇살의 미세한 기울기를 느낌으로 매미 소리의 기울기까지 느끼는 것일지도 모른다. 매미의 울음소리에 서글픔이 묻어 있는 것은 분명한 것 같다. 매미 일생의 기울기와 발을 맞춘 듯 무성한 나뭇잎 한쪽이 기울어 가는 소리마저 들려온다.

동에서 서로 넘어가는 태양도 조금 비켜서 있음을 매미 소리를 통해 나는 느낀다. 뜨거운 계절에 허덕이던 내 마음속에서 여름이 빨리 지나갔으면 하는 바람이 간절하기 때문일 수도 있다. 이 여름이 가면 내게는 활동하기 좋은 가을이 올 것이고, 나처럼 가을을 기다리는 사람들이 꽤 많이 있을 것이다. 기울어 가는 여름의 끝에는 내가 좋아하는 가을이 있겠지만, 매미에게는 생의 끝이라는 절망이 되고 있을 것이다.

누군가에는 희망의 시간이 누군가에게는 절망의 시간이 되는 아이러니를 나는 매미 울음의 기울기에서 읽어 낸다. 내 희망의 시간이 다른 것들에게 절망이 되고 있음을 육감으로나마 어렴풋이 느껴 그 울음이 쓸쓸하게 들린다는 생각을 해 본다. 삶은 소중한 것이다. 미물에게나 고등동물에게나 모든 삶은 그곳에 꼭 있어야 하기에 지상에 존재할 것이고, 주어진 삶에 최선을 다한 후에 그곳이 어디든 목적지에 다다르는 것일 것이다. 생명이 없는 듯한 계절마저도 토막 지어져 사계절의 순환이 이루어지는 것을 보면 생(生)과 사(死), 또는 생(生)과 휴(休)에 대한 반복은 거스를 수 없는 필연임을 느낀다.

여름이 스러지고 있다. 매미의 울음소리가 기울고 있다. 계절의 기울기를 안타까우면서도 기울어지기를 기다릴 수밖에 없는 아이러니. 모든 삶에게 적용되어지는 시간은 밝음과 어둠, 생과 멸, 동전의 양면 같은 것이라고 생각을 한다. 쓸쓸한 매미의 울음소리를 듣고 속내가 드러난 것 같아 매미에게 미안한 생각이 들었다.

한 계절만 사는 생물들에 비해 계절을 반복하여 겪을 수 있는 사람들의 삶은 저들이 볼 때는 부러운 일이 될 것이다. 이런 사실을 생각하면 우리에게 주어진 시간을 의미 있게 사용해야 하는 막중한 책임이 있는 것은 아닐까?

매미 소리가 닫히면 내년 여름에나 다시 들을 수 있다는 생각이 들자 나는 나무 그늘 아래 들어가 조용히 매미 소리에 귀 기울여 본다. 움직임조차 매미가 놀라게 될까 미안하여 부동의 자세로 귀만 열어 놓고 매미의 소리를 듣는다. 무슨 이야기를 하는지 알 수 없어도 한생의 종착을 향하고 있는 저들의 소리가 아까보다는 덜 쓸쓸하게 들린다.

지상의 시간을 부여받기 위해 치열하게 살아왔을 테고, 주어진 시간에 커다란 소리를 내며 울어 제끼는 매미들의 소리가 한결 밝게 들린다. 계절의 변화를 찾아 작은 몸을 던져 계절의 복판을 살아가고 계절의 변화에 따른 명멸을 아무 소리 내지 못하고 따라가는 매미들. 큰 테두리의 자연을 이루어 가는 순환의 진리라는 생각에까지 비약되고 있었다. 모든 생물은 정해진 삶의 시간이 있어서 그 안에 땅을 밟고 살다가 때가 되면 후예들을 위해 사라져 주는 것이 정한 이치일 것이다. 나에게도 예외일 수는 없다. 이 계절의 끝처럼 또 다른 계절의 시작을 위한 지구의 과정 중에 이음매로 지상에 서 있다는 생각을 하니 아까와는 달리 매미 울음이 슬프게만 들리지 않게 되었던 것이다. 이 계절이 끝나는 시점이 또 다른 계절의 시작이라는 희망이 마음속에서부터 올라오고 있었다.

쌍춘년

   한국에서 음력이라고 하면, 태음력이 아닌 태음태양력을 의미한다. 태음태양력은 달의 삭망월 주기를 기준으로 한 달을 삼는다. 보름에서 보름까지인 달의 삭망월 주기는 29.5306일이기 때문에 큰 달은 30일, 작은 달은 29일로 정해진다. 이렇게 하여 12개월을 1년으로 하면 354일이 되어 실제 지구의 공전 주기인 365.242199에 비해 약 11일이 부족하다. 이 때문에 태음태양력은 윤달을 만들어 계절과 달력을 맞춘다. 윤달은 19년에 7번 돌아온다. 쌍춘년은 윤달이 있는 해에 입춘이 두 번 들어 있는 해를 말한다.

   전통적으로 쌍춘년에 결혼하면 길하다고 받아들여져 왔다. 특히, 2006년에는 기원전 221년부터 서기 2100년까지

2,300여 년 동안 불과 12년에 불과하다는 쌍춘년으로 잘못 알려져 온 나라가 시끌시끌했다. 하지만 이는 음력 1년이 385일인 해로 쌍춘년에 포함되는 특별한 경우일 뿐이다.

사람들은 팍팍한 삶을 이겨 내기 위해 보이지 않아도 놓을 수 없는 희망과 행운이라는 소망을 품는다. 쌍춘년에 수의를 맞추고 묘를 옮기고 결혼식을 올리는 등의 일련의 행위들이 모두 미래가 잘되기를 바라는 마음에서 일어난 것이리라. 하늘의 달과 별, 태양의 움직임까지 운명을 점치는 일에 끌어들여 고단한 삶을 이겨 내고 견뎌 내는 데 사용한 것을 보면 알 수 있다.

입춘이 두 번 있는 해라고 해서 쌍춘년이라고, 행운의 해라는 말들이 여기저기 떠돌며 하늘의 구름까지 솜사탕처럼 달콤한 희망이 되는 해가 지나가고 있다. 아이들 큰고모가 병원에 입원하셨다. 나에게는 어머니 다음으로 푸근한 분이시다. 내게 푸근하신 분이 입원해 있는 날들이 우울하게 지나고 있었다.

어머니는 연초에 뵙기로 하고 큰고모의 병문안을 가기로 했다. 남양주시로 가면서 중간에 광릉수목원을 지나 아름다운 겨울 숲을 지나 남양주시로 들어갔다. 좋은 일이 아닌 병문안을 가면서도 내 눈엔 아름다운 경치가 눈에 들어온다. 겨울이라는 계절은 잎과 꽃이 없는 황량한 나목들만 서 있는 살풍경한 풍경이어야 할 것 같은데, 겨울의 풍경은 단출한 아름다움이 빛을 발한다. 나목과 산의 능선이 모두 보이는 곳에 눈이 더하여

지면 묘한 아름다움을 이루는 것이다. 큰고모의 병환만 아니라면 이곳까지 오기도 쉬운 일은 아니니 차를 멈추고 이곳에 온 김에 겨울 자연을 즐기다 가는 것도 좋으리란 경망한 생각을 잠시 해 본다.

겨울의 풍경을 들어 수묵화라는 말들을 하곤 한다. 그러나 내 생각으로는 감히 인간이 그린 수묵화가 아무리 잘 그려졌다 한들 자연 그대로의 풍경을 따를 수 없다는 생각이다. 비교한다는 것 자체가 우스운 일이다. 어떤 훌륭한 화공, 화백, 화가가 정성을 다해 그렸다 하더라도 어찌 자연 자체의 세밀한 묘사를 따라갈 수 있겠는가. 인간의 능력은 한계가 있고 광대무변한 자연의 변화야말로 신이 우리에게 범접할 수 없는 신의 경계를 보여 인간이 한낱 인간임을 깨닫게 하는 작품이라고 생각한다. 우리 눈에 보이지 않는 곳까지 작은 생명들을 지어 살게 하고 보이지 않는 힘으로 천체를 일점일획도 어긋남 없이 무한대의 시간을 운행하도록 만든 신의 영역은 돌아볼수록 그 위대함에 입을 벌릴 수밖에 없다.

큰고모의 병환은 위중했다. 한 세대를 닫으려는 것인지 우리 부부의 손을 잡고 말을 최대한 아끼며 눈으로 대다수의 대화를 나누게 되었다. 눈물이 났으나 애써 참으며 큰고모가 내게 베푼 은혜가 가이없음을 깨닫게 되었다. 이제 오늘 헤어져 우리가 집으로 돌아가고 큰고모가 병석을 이겨 내지 못한다면 이번이 마지막 뵙는 일이라는 생각을 하니 눈물이 나고 가슴이 먹먹하여 이곳까지 오면서 생각했던 위안의 말들이 어디로 갔는지 머리는 텅 비어 가슴속에 눈물만이 가득 찼다. 올해가 쌍춘년이라고 했는데, 돌아가시는 분들에게도 행운의 해는 의미가 있을까? 개똥밭에 굴러도 이승이 좋다는 옛말을 떠올리며 큰고모가 병석을 박차고 일어나 좀 더 오랜 시간을 우리 곁에 머물며 그간에 내게 베풀어 주신 은혜의 작은 부분만큼이라도 내가 잘 사는 모습을 보여 주어 갚을 수 있기를 간절히 소망했다.

우리 부부는 그렇게 큰고모의 곁을 떠나 집으로 향했다. 이번 길이 마지막이 될 것 같은 불길한 생각에 자꾸 눈물이 났다. 올라갈 때와 같은 길로 내려왔지만 큰고모를 뵈러 갈 때처럼 겨울 풍경이 눈에 들어오지 않았다. 내 마음이 서글프니 겨울 풍경화는 어디로 사라졌는지 모든 아름다움은 내 마음의 형상에 따라 내 앞에 모습을 드러내는 것이라는 생각을 하게 된다. 나는 마음속으로 큰고모가 병석을 박차고 일어나셔서 우리 곁에서 좀 더 오래 사시기를 보이지 않는 신에게 집으로 돌아오는 내내 기도하는 마음이었다.

농수산 시장을 다녀오다

종일 날씨가 흐렸다. 꾸물꾸물한 날씨에 집 안에만 머무르면 더 우울해질 것 같아 메주를 사러 가기로 했다. 대전 안영동에 최신 시설의 대규모 농수산 시장이 개장했다는 소식을 들은 지 오래지만 가 본 적이 없어 호기심도 발동한 것이 사실이다. 매장은 현대식 마트의 형태로 여느 대기업의 마트에 견주어도 뒤지지 않는 규모였다.

이곳은 구매 단위가 크고 판매량의 예측이 일정 부분 가능할 것이란 생각이 들었다. 대량 구매에 따른 생산지에서의 가격을 주도할 수 있기 때문에 농수산 시장에 나오는 농산물들에 대해 싱싱하고 값도 저렴할 거라는 생각이 들었다. 그런데 메주는 내가 예상했던 것보다 비싼 듯했다. 물론, 내가 메주의 가격을 조사한 것이 아니어서 느낌상으로 비쌌다는 뜻이다. 농산물에 대해선 농수산 시장이 좋은 것들을 갖다 놓았을 거라는 믿음이 있었다. 그리고 오랜만에 큰 시장에 왔으므로 이왕 나온 김에 집 안에서 필요한 물품들을 사게 되었다.

화장실에서 사용할 슬리퍼, 치약 등등을 사고 새우젓을 보게 되었다. 작은 접시 위에 맛을 볼 수 있게 별도로 담아 놓은 새우젓의 맛을 보았다. 큰 맛의 차이를 느낄 수는 없었으나 아파트 상가에서 파는 것보다는 나은 것 같아 사기로 했다. 가족들에게 음식을 매일 준비해야 하는 주부로서 조상 대대로 내려온 음식들 중에서 소금에 절여 만든 음식들을 볼 때마다 경이로움을 느낀다. 소금으로 절이거나 삭힌 음식으로 보존 기간을 늘리고 심심한 음식에 맛을 낸 조상들의 지혜에 늘 감탄하곤 했다. 젓갈류는 그래도 생활에서 나온 지혜라 이해가 되지만 김치, 간장 등의 발효에 관한 것들을 어떻게 생각했을까를 생각하면 정말 대단한 지혜라고 생각할 수밖에 없다. 식자재에 소금을 넣어 절여 숙성의 시간을 지나는 여러 과정을 거쳐야 하는 간장과 김치 등의 먹을거리를 처음 만든 조상들에 대해 존경의 마음이 들 수밖에 없는 것이다.

새우젓은 새우를 소금에 절여 만든 젓갈이다. 새우를 소금에 절여 저장하면 단백질이 발효 분해되어 특수한 맛과 향을 낸다. 대개 김치, 깍두기를 담거나 찌개나 국의 간을 맞출 때, 혹은 편육이나 상추쌈을 먹을 경우에 긴요하게 쓰이며 지방마다 먹는 풍습에 약간의 차이가 있다고 한다. 특히 지방이 많은 돼지고기의 소화 작용을 돕고 돼지고기의 맛과 잘 어우러진다. 돼지고기 수육이나 머리 고기, 순대 등과 함께 먹는 새우젓에 의해 육질의 맛이 좌우되는 것을 알 수 있다. 오늘 저녁엔 생각난 김에 돼지고기 수육에 오늘 구매한 새우젓으로 가족들의 입맛을 돋워야겠다는 생각을 했다.

잔새우로 만드는 새우젓은 담그는 시기에 따라 오젓, 육젓, 추젓, 동백하젓이 있으며 김장할 때는 6월에 잡은 새우로 담는 육젓이 가장 좋다고 한다. 전라북도 옥구군 회현면 월연리 오봉부락에서 나오는 새우젓이 조선 시대 진상품으로 유명했다. 새우젓에 대해 궁금증이 도져 컴퓨터 앞에 앉아 검색을 하여 그동안 궁금했던 새우젓의 종류를 나름 정리해 본다.

풋젓: 연초에 잡은 새우로 담근 새우젓. 서해안에서는 데뜨기나 돗떼기로도 불린다.
곤쟁이젓: 2-3월에 서해의 깊은 바다에서 잡은 작은 새우로 담그는 젓갈.
오젓: 5월에 잡은 새우로 담근 젓갈.
육젓: 6월 산란기 새우로 담근 젓갈. 특히 상급품으로 높이 친다.

차젓: 7월에 잡은 새우로 담근 젓갈.

자하젓: 충남 서천의 특산물로 초가을에 소량으로 잡히는 새우로 만드는 젓갈.

추젓: 가을에 잡은 새우로 담근 젓갈. 흔히 보는 새우젓이 바로 이 추젓이다.

동젓: 11월에 잡은 새우로 담그는 젓갈로 잡어가 섞여 들어가기도 한다.

동백하: 2월에 잡은 새우로 담그는 젓갈로 어체가 희고 깨끗하다.

토굴새우젓: 충청남도 홍성군 광천읍의 특산물로 토굴에다 넣어 숙성시킨 것이다.

토하젓: 전라남도의 특산물로 생이로 담근 새우젓. 하지만 생이는 전남의 특산물이 아니라 전국에 서식한다.

위에 기록한 새우젓을 보면 새우를 잡는 시기에 따라 달리 불리어지는 이름들과 숙성시키는 방법의 특색과 지역에 따라 불리어지는 대략 세 종류로 나뉘어짐을 알 수 있다. 수육에 얹은 새우젓의 맛이 입 끝에 감칠맛으로 남아 있는 저녁이다.

보문산

점심을 먹고 보문산에 다녀왔다. 보문산은 대전 시내의 남쪽에 있고 그리 높지 않아 평소에도 대전 시민들이 즐겨 찾는 곳이다. 전에는 이곳에 케이블카가 전망대까지 연결되어 있었으나 지금은 케이블카를 철거하여 걸어 올라가게 되어 있다. 전망대에 서면 대전 시내가 한눈에 들어와 도심에 우뚝한 산자락이 더욱 정겹게 다가선다.

보문산의 보문산성에서 반대쪽 시루봉까지 왕복하면 3시간 남짓 편안한 걸음으로 등산할 수 있다. 능선을 따라 걷는 동안 울긋불긋한 아름다운 단풍이 눈에 가득 찼다. 참 좋은 계절이다. 땀도 많이 나지 않고 밝은 계절과 바람으로 인해 숨도 차지 않아 상쾌한 기분을 유지하며 걸을 수 있었다. 태양은 9월을 지나 10월에 들어서면서 빛의 강도를 낮추는 정확한 시계를 갖고 있다. 시루봉까지 가는 능선은 하늘을 만나는 시간마다 남쪽인 금산 쪽으로 겹겹의 봉우리들이 한 폭의 장관을 연출한다. 참으로 산이 많은 나라임을 새삼 깨닫는다. 북쪽으로는 대전의 도심이 자리한 경계선을 만들어 준 자연의 고마움을 만끽하며 언젠가 들었던 이야기가 떠올라 미소를 짓는다.

조선 시대 성리학으로 송자(宋子)라 불리어지던 주자 성리학의 대가 우암 송시열 선생은 회덕에서 연산의 사계 김장생 선생에게 유학을 배우러 다녔다고 한다. 보문산을 좌측으로 놓고 말을 타고 지날 때마다 접선(摺扇: 쥘부채)을 펼쳐 얼굴을 가리고 지나갔다고 한다. 무슨 근거인지는 알 수 없으나 보문산을 음산이라 하여 음한 기운에게는 눈길조차 주지 않았다는 꼿꼿한 선비의 기상을 보여 줬다는 것이다. 언젠가 연산의 사계 김장생 선생과 관련 있는 돈암서원과 사계의 아들 김집, 우암, 우암의 집안인 동춘당 송준길 선생에 대한 이야기를 쓸 기회가 있겠지만, 우암은 보문산을 먼발치로 지날 때마다 자신의 철학에 대한 마음을 다졌을 것임에 틀림없다.

오늘 새벽 비가 와서 그런지 대전 시내가 더욱 깨끗하게 보였다. 시루봉의 정자에 앉아서 금산 쪽의 첩첩인 산들을 보며 호흡을 고르고 다시 돌아섰다. 목표를 정하고 갈 때는 그 끝이 보이지 않을 것 같아도 목표에 도달하고 그 지난했던 시간을 돌아보면 행복을 느끼게 되어 있다. 등산이라는 것도 마찬가지여서 돌아오는 길은 한결 가벼움을 느낀다. 흐뭇한 마음으로 산을 내려오는데 까치 한 마리가 바닥에 떨어진 연시 한 개를 놓고 지나가는 사람들을 살피며 어찌할 줄 몰라 했다. 까치에게는 이 산이 삶의 터전일 것이고 등산을 하는 사람들이 삶의 방해가 될 것이라는 생각을 해 본다. 산새들과 산짐승들의 터전인 산속을 인간의 발길이 이어지면서 이방인이어야 할 사람들이 산속의 주인들을 변방으로 몰아낸 것은 아닌가라는 생각이 들었다. 까치가 놀라지 않도록 마음을 쓰면서 내려와 집에 왔는데, 까치의 모습이 계속 뇌리를 떠나지 않았다.

학습 능력이 뛰어나다는 까치는 연시를 제대로 먹었을까? 옛사람들은 감을 수확할 때도 몇 개를 남겨 놓고 '까치밥'이라고 했었다. 어쩌면 감나무 가지의 높은 곳에 있는 감을 따기가 불편하여 남겨 놓은 것일 수도 있다. 그러나 먹고살기 힘든 시절에 감 하나라도 모두 수확했을 법한데 남겨 놓는다는 것은 분명히 자연과 함께 어우러져 살려는 노력의 일환이었음을 믿는다. 아마도 산을 사랑하고 자연을 사랑하는 많은 사람들이 나와 같은 생각으로 까치의 연시를 먹는 중요한 시간을 방해하지 않기 위해 조심스레 산행을 했을 것이라는 생각이다. 자연을 찾는 사람들은 자연의 소중함을 느끼고 사는 사람들이 많을 것이라 생각한다. 까치가 연시를 무사히 먹고 힘을 얻어 다시 나뭇가지와 나뭇가지 사이를 뛰고 날고 있을 것이라 생각이 된다. 서로 대화는 할 수 없어도 인간의 배려는 동물들에게도 어렴풋이 전달되리라는 생각이다.

내일은 내 생일이다. 보문산에서 하산하는 중간에 아들이 미역국을 끓여 놓았다는 문자가 왔다. 품안의 자식인 줄 알았는데⋯⋯. 엄마 생일을 챙기는 모습에 행복을 느낀다. 내일 아침엔 내 생애 가장 맛있는 미역국을 먹을 것 같다. 오늘의 산행으로 몸은 조금 고단했지만 오늘 흘린 땀만큼 건강을 찾을 수 있다는 희망으로 잠자리에 누웠다. 인체라는 것이 그냥 편안하게만 있으면 기능이 떨어진다. 운동을 하면 기가 소진될 것 같지만 오히려 몸의 건강을 지킬 수 있음을 생각하면 신비롭다는 생각이다. 근육이 운동을 통해 강화되어 건강을 유지하는 것을 생각하면 조물주가 우리에게 준 신비한 힘을 느끼지 않을 수 없다. 즐거운 마음으로 산행을 하고 노곤한 다리를 주무르며 오늘 하루가 내 인생에 있어서 작은 유의미로 남을 수 있다는 생각으로 하루를 마무리 짓는다.

무릉도원

사람마다 좋아하는 계절은 다를 수 있다. 그렇지만 많은 사람들이 오월에 만발한 꽃들을 싫어할 이유는 별로 없을 것이다. 계절의 여왕이라는 말이 보편적인 단어가 되어 있는 것을 보면 대다수 그렇다고 수긍할 것이다. 나는 이런저런 모임에서 대전 근교의 대청호 주변 음식점을 이용하는 일이 가끔 있다. 푸르른 나무들이 호수 위에 얼굴을 내밀고 물이 닿았던 경계에 땅과 바위들이 모습을 드러내는 확연한 색깔의 차이를 보면 또 다른 아름다움을 느낀다. 물이 숲의 발치까지 차오르면 차오르는 대로, 날이 가물어 수면이 낮아지면 평소 볼 수 없었던 물과의 경계선 밑의 모습들을 보면서 아름다움을 느끼곤 한다.

무릉도원은 도연명의 시에서 연유된 것으로 기억한다. 그 단어를 생각하면 복사꽃이 물줄기를 따라 피어 있고 분홍빛의 꽃들이 천상의 화원처럼 펼쳐진 평화로운 모습이 떠오른다. 인간들의 발길이 닿지 않는 전인미답의 땅. 인간이 살지 않아 인간의 욕심이 없어 다툼이 없는 평화라는 단어를 뛰어넘는 평화로운 꽃밭 같은 곳을 떠올린다. 그런 곳은 드물겠지만 찾아보면 그와 버금가는 곳은 있을 것 같다는 생각이다. 도연명의 무릉도원까지는 아니어도 대청호 주변에 그와 유사한 곳이 있어 나 혼자 무릉도원이라 이름 지어 부르고 싶은 곳이 몇 군데 있다. 그 중 한 곳에 와서 보니 찔레꽃이 한창이었다. 파란 물에 대비되는 하얀 치마를 펼치고 앉은 모습, 흰나비들이 떼 지어 찔레나무에 앉아 향기를 피우고 있었다.

푸른 오월은 아름다운 자태를 호수 물에 비추며 한껏 자랑스런 얼굴이 되어 있었다. 아름다운 모습을 보는 순간에는 시곗바늘이 멈추고 발걸음을 붙잡아 세우는 마력이 있다. 찔레꽃 향기를 킁킁 맡으며 가시가 없다면 더 아름다웠을까라는 부질없는 생각을 해 본다. 나무 전체를 뾰족한 가시로 덮은 찔레나무. 어쩌면 찔레나무는 잠깐 피었다 떨어지는 꽃이 주인이 아니라 가시가 주인일 수 있다는 생각을 해 보며 씽긋 웃어 본다. 순백의 꽃향기를 맡으면 묘하게도 어린 시절의 고향에서 내가 꽃을 보던 모습이 떠오른다. 살아오면서 세파에 물든 나를 순백의 꽃에 의해 정화되어 가장 순수했던 어린 시절로 여행시키는 타임

머신이 되는 것이다. 푸른 물에 대비되어 더욱 하얀 찔레꽃을 조심스레 만져 본다.

지상에 처음 적신으로 태어나 죄와 세상에 물들지 않은 갓난아이가 자라면서 사람들을 만나고 생활하는 과정이 순백의 캔버스에 그림을 그리는 과정이라고 한다면 내 인생의 그림은 순백에서 얼마나 벗어나 있을까, 화폭에 도포된 물감이 이미 빽빽하게 채워진 것은 아닐까라는 불안감이 일어난다. 찔레꽃의 흰색을 바라보면서 자꾸만 어린 시절의 찔레꽃 향이 코앞에 있는 것처럼 아련한 추억으로 떠오르는 것은 순수했고 세상에 대해 잘 알지 못하던 어린 시절로 회귀하고 싶다는 강한 열망을 늘 갖고 사는 것이란 생각을 해 본다.

복숭아꽃은 없어도 짙푸른 대청호 물결과 또 다른 녹음의 숲, 그리고 길가에 핀 찔레꽃의 푸른 잎을 덮어 감추는 흰 꽃을 보면서 내 유년의 때 묻지 않은 시절이 하얗게 피어 있는 것처럼 보인다. 나는 대청호의 주변에서 맑은 경치를 감상하며 여기까지 걸어온 세월을 역으로 셈하고 있는 것이다. 무릉도원이 때 묻지 않은 세외(世外)의 별세계(別世界)라면 현실을 벗어나는 상상만으로도 무릉도원에 입성했다는 조금은 억지스런 생각을 하다 현실로 돌아온다. 잠깐의 시간이지만 찔레꽃의 흰 빛을 타고 나는 유년의 시절로 갔다 현실로 돌아왔다.

일행이 좀 떨어진 곳에서 담소를 나누는 소리가 들린다. 각자의 생각은 다르겠지만 그들도 아름다운 경치의 한곳에 앉아 목소리들이 낭랑하다. 아름다운 경치는 기분을 좋은 쪽으로 상승시켜 평소의 복잡한 삶을 벗어난 대화들을 할 수 있도록 유도하는 것 같다. 일행들도 나처럼 유년을 돌아본 것은 아닐지라도 이 아름다운 경치와 맑은 공기만큼은 공평하게 가슴에 담았을 것이다. 물과 산, 푸름과 각색의 꽃들로 인해 지금 이곳은 무릉도원이다. 계절별로 옷을 갈아입는 대청호 주변의 고즈넉한 길에는 이런 곳들이 꽤 있다. 사람이 살기에는 불편하여 사람들이 많이 머물지 못하는 곳마다 자연은 스스로 아름다운 자태를 가꾸고 있다. 어쩌다 한 번씩 들러 세파에 찌든 마음에 한줄기 청량한 삶의 새로운 기운을 받아 갈 수 있는 이곳이 내게는 무릉도원이 분명하다.

세천유원지

대전의 동남쪽에 우뚝 솟아 있는 식장산 자락의 세천유원지에 다녀왔다. 단풍이 곱게 물든 식장산은 사람들이 북적거렸다. 먹을 것이 감추어져 있는 산이라는 이름처럼 가을을 맞은 산이 풍요롭게 보였다. 산이 깊으면 동식물들이 많고 그 안에서 나물이든 동물의 고기든 얻는 것이 많았으리라는 생각을 해 본다. 먹을 것이 부족한 옛사람들이 이 산에서 많은 것을 찾고 공급받았으리라는 것을 이름에서 유추해 볼 수 있다. 깊은 산속을 다녀 볼 수는 없으나 사람들이 걸어 다녀 만들어진 길을 따라 걸으면서도 이 산이 커서 더욱 풍요로웠을 거라는 확신이 갔다.

사람들의 발걸음이 많아지는 곳에는 사람들의 필요에 의해 개발이 이루어지는 과정을 겪는다. 많은 사람들이 방문하며 불편한 사항들을 관리 주체에 이야기함으로써 방문객들의 편의를 위해 개발이라는 변화의 길을 겪게 되는 것이리라. 주민들의 선거에 의해 선출되는 지자체의 장들은 주민들의 소리에 민감하게 반응할 수밖에 없어 개발을 하게 된다. 또 재임 기간이 끝나고도 육안으로 쉽게 보여지는 것이 토목 공사이므로 개발에 적극성을 띠게 된다. 다른 과정을 겪은 것인지는 알 수 없으나 예전과는 다르게 공터를 정비해서 주차장을 만들고 깨끗하고 친환경적인 화장실도 만들어져 있었다. 이런 시설들은 더 많은 사람들을 유인하게 되고 그에 따른 부대시설도 늘어나는 순환적 구조를 만든다. 결국 좋은 자연환경에 사람들이 몰리면서 자연엔 인위적인 변화를 가하는 것이다. 어쩌면 자연에게는 악순환이 되는 것일지도 모른다. 후손에게 물려줄 자연의 보존 차원에서 개발을 하지 않고 자연 그대로를 유산으로 넘겨주는 것이 좋으리라는 생각도 틀린 것은 아닐 것이다. 그러나 나도 이곳에 올 때 불편함보다는 편함을 추구하는 사람 중의 하나였다. 개발의 길을 걷기 전보다 접근하기 편해져서 더 자주 오게 되었으니 말이다.

많은 사람들이 냇물에 발을 담그고 편안한 시간을 보내며 몇몇은 도시락을 먹는 모습도 눈에 띄었다. 그들의 즐거운 한때를 보면서 나는 개발에 의해 변형된 지형을 기억을 더듬어 돌아보고 있었다. 그전에 있던 한 곳이 없어졌음을 알게 되었다. 과거에 이곳 어디쯤 작은 연못이 있었는데 내 기억의 장소가 사라진 것이다. 아마 개발을 하면서 연못을 메워 버린 것 같았다. 그 연못에 청거북이가 살고 있었는데 그 연못이 사라져 아쉬웠다. 거북의 서식지와는 어울리지 않는 곳이어서 누군가 집에서 애완용으로 키우다 이곳에 풀어 주었을 수도 있다는 생각을 했었다. 사람들 편의에 따라 개발한 이곳에 살던 그 청거북은 어떻게 되었을까 궁금해졌다.

사람들은 편함을 추구하면서 개발의 삽을 들고 그때마다 그곳의 터줏대감이었을 생명체들에게 주인 아닌 주인이 되어 피해를 입혔을 것이라는 생각에 조금은 씁쓸해졌다. 그렇다고 대화가 통하는 것도 아닌 터줏대감 동식물들에게 인간이 배려할 수 있는 방편이 별로 없다는 것이 못내 서운해진 것이다. 방문객들의 민원에 따라 아름답게 정비하고 편익 시설을 설치할 수밖에 없는 지자체에서 공사를 할 때, 가능하면 자연 그대로 그곳에 사는 동식물들에게 피해를 최소화시키는 노력이 꼭 필요한 일이라 생각을 해 본다. 평화로운 연못에서 생활을 영위했을 동식물들에게 사람들의 편함이라는 단어로 못할 짓을 한 것은 아닌지 조금은 우울해졌다. 지자체를 견제하는 환경 단체나 사회운동 단체에서 개발 계획에 대해 나름대로의 대안을 제시해 동식물들의 피해를 줄였을 것이라고 때늦은 기대를 해 보았다.

주차장에 내려와 매점에서 간단한 음료수를 마시며 의자에 앉아 즐거워하는 사람들을 바라보았다. 개중에 몇몇은 나와 같은 생각을 하고 있을 것 같았다. 청거북이가 아니더라도 개구리, 도마뱀의 생활 터전을 훼손한 뒤에 설치된 편익 시설에서 아련한 옛 추억을 떠올리고 있을 것 같았다. 추억을 확인하려고 이곳에 온 사람들, 그들 또한 이곳을 삶의 터전으로 삼던 동식물들에 대한 생각으로 환한 웃음 뒤에 쓸쓸함을 가지고 돌아가는 사람들일 것이다. 아무튼 나는 자동차로 이동하면 십여 분만에 도착하는 이곳 식장산에 자주 올 것이라고 다짐하였다. 어쩌면 그 연못에서 자리를 옮겨 가까운 곳에 보금자리를 만들고 지금도 평화로운 삶을 영위하는 녀석들을 다시 볼 기회가 있을 것 같은 작은 소망이 생겼다. 다른 곳으로 옮겨 살고 있다면 녀석들을 만날 날이 있을 것이라는 실낱같은 희망을 갖기로 했다. 희박한 가능성이지만 그런 날을 기대하며 오늘의 산행을 마쳤다.

흑석리

어제는 겨울비가 마치 장맛비처럼 내렸다. 그저께 밤부터 제
주도에는 222㎜의 강수량을 기록하였고, 그 밖의 대부분 지방
에는 5-20㎜의 강수량을 기록했다. 겨울에 이처럼 비가 내리
는 것이 흔한 일은 아닐 것이다. 내린 강수량이 모두 눈이었다
면 엄청난 양이었을 것을 생각하면 아찔하다. 앙상한 가지에 물
방울들이 구슬을 꿰어 놓은 듯이 매달려 있었다.

비가 내릴 정도의 따스한 겨울, 강줄기를 끼고 있는 흑석리
에는 한껏 멋을 내는 겨울새들이 날아다녔다. 사방 공사와 작
은 보들을 만들어 수자원을 관리하는 일들이 많아진 요즘은 구
불구불하게 물 흐름 그대로 형성되었던 물길에 인위가 가미되
어 나름 깨끗하게 정비되어 보였다. 자연 그대로 있으면 좋겠

으나 큰 비에 의한 범람으로 피해를 입는 것을 막기 위해 예부터 치수(治水)를 잘하는 일이 통치의 큰 줄기였음이 생각났다. 그에 비하면 현대는 대규모의 댐과 저수 시설 등으로 홍수 피해가 급격히 감소했음을 다행이라 생각한다. 구봉산의 뒷모습이 보이는 흑석리의 물가, 잘 정비되어 있어 혼자 생각을 정리하고 싶을 땐 가끔 들리는 곳이었다. 하긴, 산에는 앞모습 뒷모습이 없었을 것이지만 나는 이곳에서 보는 구봉산을 뒷모습이라 생각을 하곤 했다.

물가에 서면 나도 모르게 시간을 멈추고 바쁜 생활은 어디로 갔는지 느림 속으로 빠져들게 된다. 물줄기의 흐름이 내 생각의 방향을 끌고 최면에 빠진 것처럼 어디론가 흘러가는 것 같다. 갈대가 무성했을 물가에는 왜가리와 백로가 날아올랐다가 내려앉아 무엇인가 골똘히 생각을 하는 듯 서 있었다. 저들도 나처럼 물의 흐름에 생각을 빼앗기고 망중한을 즐기고 있는 것인지도 모른다. 나는 우산을 펴 들고 한참 바라보았다. 흐르는 물가 주변의 경치에 빨려 들어가 나도 그 경치에 하나의 소품이 되고 있었다. 강가에 뿌리를 박은 야산의 경치 또한 아름다웠다. 바위틈을 비집고 뿌리를 내린 소나무가 한겨울에도 잎을 가지 위에 가지런히 얹고 있는 모습이 참 인상적이었다. 척박한 바위 위에서 뿌리로 바위를 감싸듯 땅을 향해 내려가 흙에 뿌리내리고 바위 위에서 버티는 모습이 의연하게 보였다.

빗물이 쓸려 내려온 강줄기의 물살은 작은 보를 웅장한 소리와 함께 물거품을 쏟아 내며 흐르고 있었다. 물은 흐르는 방향에 따라 상류와 하류가 구분이 된다. 가끔은 내가 구분 짓는 방향이 상류일 것 같고 그 반대 방향은 하류일 것 같은데 그 방향에서 벗어난 물의 흐름을 경이의 눈으로 바라볼 때도 있곤 했다. 우리의 눈이 향하는 것에 방위를 습관적으로 정한 착각인 것이다.

구름은 흐린 채 물의 흐름에도 아랑곳하지 않고 요지부동으로 강심에 무심한 듯 떠 있었다. 물속에 투영된 구름이 밑그림이 되고 그 위를 투명한 물이 흐르는 것 같았다. 강둑을 천천히 걸으며 물 위에 그려진 자연의 아름다운 그림을 바라보다 가까이 있는 장태산이 보고 싶었다.

장태산의 산 중턱부터 뻗어 내리는 물줄기 여러 개가 맑은 날에는 볼 수 없었던 모습으로 나를 맞이했다. 도로 옆 산을 절개한 곳이 빗물을 머금어 흐린 색으로 분위기를 장중하게 누르고 있었다. 비가 많이 내려 하얗게 부서지는 물줄기가 여기저기 쏟아지며 절벽을 밟지 못하는 물들은 하얀 물방울로 공중에 비산하여 떨어지고 있었다. 부서져 내리는 물방울들이 내 얼굴에 차갑게 떨어지는 착각을 하게 될 정도로 눈앞에 클로즈업되고 있었다.

계곡을 따라 물안개들이 연기처럼 하늘로 서서히 이동하는 중이었다. 지상에 발을 내리지 못하고 다시 공중의 터전으로 옮기는 모습, 무거웠던 먹구름의 알갱이들을 지상에 내려놓고 가벼워진 몸으로 하늘을 향하는 것이다. 한 폭의 한국화를 연상시키는 신비하고 아름다운 모습을 하고 있는 산의 모습을 배경삼아 찻집과 민박집이 아름답게 자리하고 있었다. 비가 내려 눅눅한 기분으로 바라보는 풍경은 흐린 하늘에 눌린 듯 말소리를 삼켜 주변의 풍광이 고요하게 느껴진다. 푸른 여름날 맑은 하늘 밑에서 본 휴양림과는 다르게 겨울비를 맞고 누런 잎과 앙상한 가지, 소나무의 푸른 잎이 어우러진 경치가 아름다웠다. 겨울에 내리는 빗줄기가 그려 내는 산의 풍경에 취해 탄성이 나올 수밖에 없었다.

아무리 포근해도 계절은 겨울인지라 산 중턱쯤에 있는 보의 가장자리에는 얼음의 흔적이 남아 있었다. 보의 중간에는 푸른 물이 자리 잡고 있었고 물가를 향하여 얼음의 두께는 땅을 닮으려는 듯 두꺼워지고 있었다. 결국 얼음도 땅에 뿌리를 내리고 가지를 물 한가운데를 향해 뻗어 가는 것인가라는 생각을 해본다. 어쩌면 발 디딜 곳이 있는 땅엔 무겁게 발을 내리고 물의 중간으로 가면서 발을 디딜 수 없어 스스로를 가볍게 만든 것일 수도 있다. 나무의 주 가지를 타고 내려오는 물의 흐름에 따라 나무도 다양한 색을 띠고 있었다. 갈색의 줄기에 물줄기가 닿은 곳은 더 짙은 색으로 변해 있었다. 각 계절별로 옷을 갈아

입는 산의 풍경은 나름대로의 아름다움을 뽐낸다. 겨울 장태산의 골골이 깊은 얼음이 박혔을 것 같은데 나름의 생동하는 기운을 뿜어내고 있었다.

아직 봄은 멀다. 겨울 속의 비로 인해 흠뻑 젖은 산속의 생명들은 더 추워질 것이다. 물론, 얼음 박힌 땅에 빗물이 뚫고 들어가기는 쉽지 않겠지만, 지표면을 적시고 서서히 스며들어 다시 얼음이 박히는 중일 것이다. 죽은 듯, 겨울잠을 깊이 자고 깨어나면 온 세상에 생명의 고고지성을 파랗게 터트릴 것이다. 혹독한 겨울이 있기에 살아남은 자들이 경험하는 봄이 더욱 화려해지는 것이라 생각한다. 이 겨울비를 맞고 꽁꽁 얼었던 몸을 서서히 녹이며 안으로 축적하였던 생명력을 일제히 터트리는 봄, 장태산의 생명들은 지금 화려한 봄을 꿈꾸는 힘으로 겨울을 버티고 있는 것이 틀림없다.

제3부 계족산의 상춘

전주

전주를 갈 때마다 예향의 고장이라는 별칭에 걸맞게 과거의
전통을 소중히 이어받아 현대에까지 연결시킨 도시라는 생각을
하게 한다. 옛것을 보존하고 전승 계승한다는 것은 뿌리에 대한
귀중함을 깊이 인식하여 현재의 존재들이 미래의 유산이 될 소
중한 것이라는 걸 인식하고 있음을 알고 있다는 것이다. 우리의
뿌리가 없으면 작금의 우리도 존재하지 않는 것이니 뿌리의 소
중함은 아무리 강조해도 지나침이 없으리라. 문화적 전통과 현
재가 잘 어우러진 전주에 발을 딛는 순간부터 깨끗한 환경에 마
음이 상큼해지곤 한다. 첫인상의 호감으로 인해 내 생각이 긍
정적으로 바뀌면 그 이후에 바라보는 것들에 대해서도 밝은 생
각을 하게 되어 있다. 사람도 처음 본 순간에 호감과 비호감의

경계가 세워진다는 걸 생각해 보면 전주는 내게 처음부터 호감으로 다가온 도시였다.

서대전역에서 전주까지 기차를 타고 가면서 기차 안에서 도시락을 먹거나 전주 역전에서 김밥을 먹고 '아중문화의 집'에서 시 창작 강의를 듣는다. 대전에서 시에 관한 공부를 하였고, 전주에까지 찾아와 시 창작 강의를 듣겠다는 결정을 하기까지 많이 망설였었다. 그간에 내가 배워 온 시, 시를 애인처럼 생각한다는 말을 들으면서까지 사랑했던 시, 시로 인해 몸살을 앓으면서도 놓을 수 없었던 내 시가 만족할 만한 수준에 이르지 못해 고민을 거듭하다 여러 사람의 조언으로 이곳 전주까지 찾아오게 되었다. 내 시를 위한 장거리 여행, 오고가는 시간마저 아끼며 스스로의 마음 자세를 다잡으며 시를 생각함으로써 내가 시를 대하는 경외의 자세를 흐트러짐 없도록 한다는 결심으로 다녔다. 내가 시를 사랑하는 마음을 정갈하게 만듦으로 시가 내게 한 걸음 더 빨리 올 수 있다는 바람을 공고히 하는 이동 시간이었다.

시에도 지역적인 흐름은 무시할 수 없다는 생각이다. 시라는 것은, 시인들이 바라보는 모든 것들이 시의 소재가 될 수 있고, 자라 온 환경과 그 가슴속에서 사물을 바라보는 방식은 그 시인이 살아온 경험에 근거를 두기 때문이다. 지역의 특성이 그 고장의 문학적 또는 시적 흐름에 깊은 연관이 있을 수밖에 없다.

강원도에는 주어진 자연환경에 순응하며 어려서부터 보아 온 서정적 풍경이 주류를 이룬다는 생각이다. 호남 지역은 소외와 근대 격변의 시기를 정면에서 바라본 향토색 짙은 아픔의 시들이 우리를 울린다. 그간에 내가 배웠던 대전은 충청도를 대변하는 전국의 지정학적 중간에서 모든 시의 풍류들이 어우러지는 의미가 있다는 생각이다. 대전의 시들은 시어들이 지역을 가리지 않고 몰려들어 화려하다. 시어의 화려함을 쫓기보다 사람들 속 깊은 아픔을 끌어내는 것에 더 관심이 있는 나는 조금 먼 듯해도 이곳 전주를 택하게 되었다. 또한, 시는 쌉쌀한 맛이 돌아야 독자들의 심금을 울린다는 생각을 해 보면 이 지역에서 활동하는 시인들의 작품들은 읽을 때마다 내 선택이 잘못되지 않았음을 스스로에게 위안하게 된다.

처음 '아중문화의 집'에 발을 들여놓을 때의 낯설음과 두려움도 내가 시를 배우고자 하는 열정을 꺾지는 못했다. 모든 낯선 환경은 처음이라는 단어와 깊은 연관을 갖고 있고 두세 번의 반복에 의해 낯선 환경은 익숙한, 낯익은 환경으로 돌아서게 된다는 것을 나는 안다. 혼자 다니는 길이 쓸쓸하고 때론 두려울 법도 한데 나는 그 모든 것들을 내 시의 발전을 위하는 뜨거운 마음으로 이겨 낼 수 있었다. 그리고 이 길이 익숙해지면 두려움과 쓸쓸함은 먼 과거로 꼬리를 감추고 추억이라는 이름으로 기억의 한편에 남아 있을 것이란 것을 알기 때문에 힘을 낼 수 있었다. 오후 7시부터 2시간 동안 진행되는 시 창작 강의는 대전과는 또 다른 지역적·문화적 특성에 따른 미묘한 차이가 있었다. 강의 시간 동안 졸리거나 지루한 생각이 끼어들 틈이 없다. 늘 새롭게 다가오는 강의, 시적 표현들의 차이에서 오는 생기가 마음에 넘쳤다.

강의를 듣는 시간이 늘어갈수록 나의 시가 전주에 있다는 확신이 생겼다. 새로운 사람들, 지역이 바뀐다고 해도 다 같은 대한민국의 국민이고 같은 말을 사용하는 사람들인데도 왠지 타지의 사람들을 만나면 낯설다. 이런 낯선 마음도 시로써 하나가 됨으로 금방 친해지고, 반가운 사람들로 바꾸어 놓는다. 특히, 시를 쓰는 사람들의 마음은 어딘가 허하고 쓸쓸함이 배어 있어 그들의 눈빛은 순하다. 낯설음이 낯익음으로 바뀌는 것에다 같은 목표를 갖고 공부한다는 동질 의식이 끼어들면 친해지는 속도가 배가되는 것이다. 강의 듣는 시간이 끝나면 대전에 오기에 바빠서 별로 대화할 시간이 없었지만, 같이 시를 공부하는 사람들의 마음은 내게 친숙하게 다가오고 있었다. 대전으로 돌아올 때마다 대여섯 시간을 비운 대전의 바람은 변함없이 날 상큼하게 맞아 주었다. 즐거운 시 공부로 마음이 풍족한 상태에서 만나는 대전의 모든 것이 상큼했다.

계족산의 상춘

  겨울이라는 계절은 추위로 인해 우리 삶의 영역을 축소한다. 먹이가 턱없이 부족한 겨울을 넘기는 방법으로 일부 동물들은 겨울잠을 잔다. 사람이 겨울잠을 자는 것은 아니어도 추위에 의해 활동의 제약을 받을 수밖에 없다. 좀 과한 표현이 될지 모르지만 사람들도 활동을 하면서 일정 부분 제약을 받는 겨울을 약하나마 겨울잠을 자는 기간이라고 표현할 수도 있겠다.

  겨우내 추위에 움츠려 산에 올 생각을 못 하다 봄기운이 완연하여 따스한 바람의 온기를 느끼며 계족산에 갔다. 겨울의 뒤꿈치를 물고 겨울잠에서 깨어나는 숲의 색은 갈색의 겨울 흔적을 간직한 채 여기저기 쑥들이 고개를 내밀고, 돌나물의 새순이 마치 파란색 꽃처럼 돋아나고 있었다. 그 추운 겨울을 이겨 내고 고개를 든 새싹들을 보며 한결 가벼워진 마음이 더해져 발걸음도 가벼워졌다. 온기를 풀어 놓는 봄기운은 전염병처럼 내게 들어와 내가 감염이 되었다. 애초에 계족산의 순환 등산로를 걷기로 했던 계획은 뒤로하고 벗은 모자 속에 어린 쑥이 차오르며 시간이 흘렀다.

계족산은 대전의 동쪽에 위치해 전체 지형에서 보면 좌청룡에 해당되는 산이다. 계족산은 대전의 송촌동 일대에 자리하고 있으며 산의 상층부에 산 전체를 환상으로 연결하는 자동차가 다녀도 될 만큼 제법 넓은 길이 있다. 송촌동 일대의 대단위 아파트 단지에서 환상 등산로까지 지선으로 연결된 작은 등산로가 곳곳에 있어 송촌 일대의 어느 곳에서나 계족산 등산이 가능하게 되어 있다. 높은 산이 아니고 아기자기하여 등산하기에 적당한 산이다. 게다가 몇 년 전부터 이 지역의 한 기업에서 투자를 하여 순환 등산로에 황톳길을 조성해 맨발로 걷는 명소로 만들고 있다. 이 기업의 후원에 힘입어 해마다 전국 규모의 마라톤 대회도 열린다. 우리나라 마라톤 영웅 중의 하나인 이봉주 선수가 현역 시절 큰 대회를 앞두고 이곳에서 연습을 하여 유명해진 코스이기도 하다. 잠시 황톳길 쪽을 바라보며 이봉주 선수의 발자국이 수없이 쌓였을 흙길을 상상해 보았다. 얼마나 많은 인내와 열정이 담금질되었을까. 오르막길과 내리막길이 적당히 섞여 있어서 훈련하기엔 더없이 좋은 코스였을 것이다. 언덕이 많은 순환 도로의 길이가 14-15km에 이르러 하프마라톤 코스보다는 짧지만, 언덕을 감안하면 하프마라톤 코스에 버금가는 아주 좋은 코스로 소문이 나 있다.

계족산에는 백제 시대의 석축 산성인 계족산성이 있다. 금강 하류의 중요한 지점에 위치하고, 백제 시대의 토기 조각들이 많이 출토되고 있어 백제의 옹산성(甕山城)으로 추정된다고 한다. 문의와 청주로 가는 길목을 감시할 수 있고, 보은, 옥천, 대전, 공주에 이르는 웅진도로를 감시할 수 있었다고 한다. 산성 내부에 군대를 주둔하기 위한 작은 못까지 많은 부분이 복원되어 명소가 되고 있다.

대전은 사방에 빙 둘러 산이 있어 시민들은 어느 곳에서든지 30-40분만 이동하면 근교의 산을 등산할 수 있는 살기 좋은 천혜의 땅이다. 계족산이라 불리는 이름의 연유에 대해 몇 가지로 전해진다. 첫째, 지형이 닭의 발을 닮았다고 해서 계족산이라 불리었다는 말이 있다. 둘째, 지금의 송촌동 일대에 지네가 많아서 지네와 천적인 닭을 빌어 지네를 없애기 위한 일환으로 계족산이라 불리었다고도 한다. 셋째는 본래 봉황산이었던 것을 일제강점기에 일본인들이 낮춰 부르기 위해 닭의 발이란 뜻의 계족이란 이름을 붙였다는 말도 전해진다. 계족산의 정상에 있는 정자 이름이 '봉황정'인 것을 보면 옛 이름이 봉황산이었다는 말이 설득력을 얻는다.

산의 이름과 지역의 이름에서 큰 인재들이 나올 법한 것들을 일제강점기에 일본인들이 바꾸었던 일들이 어디 계족산뿐이겠는가. 만약에 일본인들의 불순한 생각으로 바꾸었다면 오랜 시간이 흘렀어도 아직 그대로 답습하고 있는 것은 안타까운 일이다. 이런 부분들에 대해 많은 분들이 관심을 갖고 잘못된 이름이 영구적으로 고착화되기 전에 하나씩 바꾸어 나가야 할 것이다.

아직 겨울의 흔적이 땅속에 남아 있을 것 같은 양지바른 계족산 언저리에서 돋아난 쑥을 캐며 봄의 풍광에 취해 당초의 계획과 달리 계족산 순환 등산로는 홑잎나물이 피어날 즈음에 다시 걷기로 했다. 집으로 돌아오는 길에 대전 동부경찰서 담장 옆으로 쭉 피어 있는 풍성한 개나리를 보면서 봄에 대한 나의 생각은 그칠 줄 몰랐다. 마음에서 피어나던 봄볕을 타고 한동안 연락이 끊겼던 지인이 시집을 출간한다는 메시지가 왔다. 이 봄에 또 하나의 반가운 소식이 온 것이다.

산에 오르기 전보다 낮 동안 따스한 햇볕을 받은 개나리가 더욱 흐드러진 모습으로 다가와 인상적이었다. 봄에 꽃이 피는 나무들은 꽃이 먼저 벙글고 꽃이 진 후 잎이 나중에 나오는 특징을 가지고 있다. 개나리, 진달래, 매화, 목련, 복숭아 등의 나무들은 겨울을 무사히 넘긴 환호성을 대신해 환희의 화려한 꽃들로 계절의 변화를 알려 준다. 겨우내 죽은 것처럼 바싹 마른 가지에 봄기운을 받아 그 연하디연한 꽃봉오리들이 딱딱한 가지를 뚫고 나오는 것을 보면 신비롭다는 말 외엔 달리 할 말이 없다.

부드러운 가지의 휨에 따라 노랗게 핀 개나리를 보며 어두웠던 마음도 활짝 열렸다. 꽃을 보면 누구나 밝아지는 신비한 힘, 조물주는 이 삭막한 세상을 밝혀 줄 사명을 꽃들에게 일임한 것 같다. 파릇파릇한 새싹들과 개나리의 노란 환호성을 듣고 내 몸에 있는 겨울의 기운을 단숨에 몰아낼 수 있었다. 내 몸을 정상으로 돌려놓은 자연 치유의 힘에 대하여 생각하는 동안 몸도 마음도 깊은 겨울잠에서 바야흐로 활동의 계절로 옮겨졌다. 봄기운을 맘껏 받은 힘에 의해 오랫동안 내게서 힘을 빼앗아 가던 허기증과 어지럼증이 사라지고 있었다.

밤을 타는 사람들

시를 쓰면서부터 처음에는 아름다운 시어들이 마음에 들어왔다. 아름다운 시어들에 눈이 끌려 마음을 표현하는 시인들의 마음에 접근하기보다 시어들에 관심이 갔던 것이 사실이다. 시어 자체가 아름다워야 시가 되는 줄 알았다는 말은 시에는 아름다운 시어만 있으면 된다는 그릇된 사고를 하고 있었다고 해도 맞을 것이다. 시간이 경과하며 시를 읽고 시인들의 마음에 관심이 가기 시작했다. 아픈 시를 보면 내가 아팠고 시와 시인의 모습이 상상이 되면서 어떤 유의 시라도 시를 쓰는 시인의 마음과 하나 되어 시를 읽게 되었다.

시를 보면서 낮의 시간보다 밤의 시간에 쓰여진 시들이 많다는 생각을 했다. 복잡스런 낮보다 조용한 밤에 자신의 세계에 빠져들어 깊은 생각을 담아내고 감성을 맘껏 우려내는 시인들의 마음이 읽히기 시작했다. 시를 쓴다는 것은 밤을 도외시하고는 쓰기 어렵다는 생각이다. 한마디로 시인들은 밤을 타는 사람들이 아닐까 생각해 본다. 하늘의 별과 달을 보며 감성이 충만해진 상태에서 시심을 끌어올려 고요한 시간에 자신의 사유를 정리하며 한 걸음 한 걸음 시를 직조하는 시간들이 없으면 시는 나올 수 없는 것이다. 시라는 것은 결국 시인이 발견한 시적인 현상을 자신이 살아오면서 경험한 직간접의 모든 것을 동원하여 시로 만들어 가는 것이다. 시인의 경험 밖에 있는 손댈 수 없는 부분은 표현할 수 없다고 보았을 때, 시는 시인의 경험 안에 산다고 할 수 있을 것이다.

과거의 경험만을 가지고 시를 쓴다면 시의 샘물은 언젠가는 고갈되고 말 것이다. 때론 여행도 하고 책을 보며 끊임없는 자기 성찰의 시간을 가져야만 시의 꼬리를 잡을 수 있다는 생각이다. 시인과 밤을 떼어 놓을 수 없다는 결론이다. 나는 이것을 시인들이 밤을 탄다는 말로 표현하고 싶다. 물론, 시인뿐만 아니라 밤을 타는 사람들이 많다. 이런저런 상념의 흐름에 따라 밤을 타야 하는 사람들…… 직업 문제, 경제 문제, 삶의 허다한 문제들을 짊어지고 밤을 타는 사람들이 많아지는 현실이다. 살아간다는 것이 간단한 일이 아니어서 복잡한 심사를 갖고 있는 사람들은 뒤척이면서 돌아누우며 잠 못 이루는 밤을 탈 수밖에 없게 된다. 시를 떠날 수 없는 나도 밤을 탄다. 어디에서도 쉽게 만날 수 없는 시를 찾아 밤을 탈 때마다 시를 떠날 수 없음에 머릿속은 시의 씨앗을 잡으려 복잡하다. 씨앗을 잡으려 집중할 때마다 내 자신이 가여웠다. 두 눈을 부릅뜨고 어둠 속에서 작은 빛이라도 놓치지 않으려 집중하며 밤의 언저리를 서성거리다 보면, 아주 가끔 선물처럼 시의 씨앗을 가슴에 안게 되고 때론 상당한 부분까지 막힘없이 진행되는 절묘한 시간을 만나기도 한다.

전주에서 시를 공부하며 열차를 타고 다닐 때였다. 전주에서 공부가 끝난 저녁 9시 이후에 익산에 사는 시 공부하는 동료들이 익산역에서 대전 가는 열차를 타고 가라고 제안했다. 익산까지 같이 가고 익산역을 구경한 후, 대전에는 평상시보다 조금만 더 시간을 배분하면 될 것 같아 익산에 같이 갔다. 오래전 이리역에서 화약을 실은 열차가 화재로 인한 폭발 사고에 의해 이후 익산역으로 역사를 재건하게 되었던 기억이 났다. 같이 공부하는 동료들과 같이 가는 기회가 아니면 익산역에 갈 기회가 쉽게 오지 않을 것 같았다. 익산역에 내렸는데, 아쉽게도 역 앞에 구걸하는 사람들과 술에 취한 사람들로 조금은 어수선하고 불빛의 조도가 낮아 어둑어둑하여 첫인상이 무척 무섭게 인식되었다. 커다란 역사에서 나오자마자 바로 대전에 가야겠다는 생각을 했다.

전국 모든 역의 상황이 비슷할 테지만 익숙하지 않은 광경에 무척 힘들었다. 느낌이 썩 좋질 않은 어두운 그림자가 내 두려움을 깨웠다. 동료들과 대화를 하지만, 대전 가는 열차 시간이 빨리 오기를 기다리는 마음이 가득하여 대화가 겉돌기 시작했다. 이곳에 공연히 찾아왔다는 생각과 얼마 전 이 근처에서의 강력 사건에 대한 공중파의 보도 내용이 떠오르며 안 좋은 생각들이 꼬리를 물고 있었다.

대전에 가는 열차의 개표가 시작되어 좌석에 앉고 나서도 가슴은 무엇에 짓눌려 있는 듯한 느낌이 가시지 않았다. 그런데도 묘하게 어둡고 칙칙한, 가위눌린 듯한 그 느낌에서 시가 한 편 솔솔 마음속을 흔들기 시작했다. 쌉쌀하고 쓸쓸한, 두려운 가운데서도 시마는 어김없이 색다른 얼굴을 하고 내게 와 있었다. 내가 시에 대해 간절하니 시마는 나를 떠나지 않은 것이다. 어둡고 두려운 마음 깊은 곳을 울리고 돌아 나온 시상을 급하게 노트에 메모를 했다. 익산역은 실제는 그렇지 않았을 것이지만, 그렇게 어두운 기억으로 내 머릿속에 자리를 잡았다. 집에 와서도 그 묘한 어둠의 그림자가 내 주변을 떠나지 않고 배회하고 있었다. 어두운 동굴에서 나갈 길을 찾지 못하고 도움의 손길조차 없이 혼자 무서움에 떠는 꿈을 꿔야 했다. 깊은 잠에 들지 못하고 자다가 몇 번인가를 깨서 식은땀을 흘리다 다시 잠에 들었다.

단 풍 계 절

단풍이 절정을 넘어 기울어 가는 날이다. 꽃의 화려함과 잎의 푸름의 한 주기가 회광반조(回光返照)의 화려한 몸짓을 우리의 기억 속에 남기려 잎들이 가지에 매달려 허공을 수놓고 있다. 잎들은 대기의 기온이 떨어지는 자연의 순리에 순응하여 곧 모든 기억을 내려놓을 것이다. 가을을 등화가친의 계절, 독서의 계절이라고 하지만 서점가에 발길이 줄어드는 계절이 가을이라고 한다. 독서를 하기에는 자연환경이 너무 아름다워 산과 들에 사람들을 빼앗기는 것이다. 아무튼 봄과 가을에 유독 사람들의 마음은 온화하고 감상적이 되는 것 같다. 특히, 가을에 느끼는 감성의 왕성함은 곧 가지의 부산물을 떨구고 나목이 되어 갈 아쉬움 때문일지 모른다. 가을 단풍놀이를 즐기는 것도 이 계절을 지나는 한 가지 삶의 활력소가 되겠으나, 개인적으로 책을 가까이 하기에 더없이 좋은 계절이라는 생각이다. 또한 그간에 시를 쓰면서 계절에 특별한 의미를 두는 것은 아니고, 1년 365일 시에 촉각을 세우고 살지만, 봄과 가을에 더 깊은 감성의 서정시들이 내 속에서 발돋움하는 것을 경험한 적도 많다.

　무언가 의미 있는 일을 하면서 단풍의 계절을 건너고 싶었던 차에 충남대학교 백마관에서 한 시인의 강의가 있다고 같이 가자는 문우들에 이끌려 가게 되었다. 이 지역에서 가장 넓은 캠퍼스를 갖고 있는 충남대학교 캠퍼스의 동산과 대학 내 도로 옆 가로수에도 가을은 노란색, 붉은색으로 흠뻑 젖어 있었다. 무더기 무더기 머리 위의 가을은 쏟아질 듯하여 눈을 들어 보는 곳마다 나도 모르는 탄성이 나왔다. 햇살과 부딪치며 팔랑거리는 잎들은 화려하다 못해 반짝거려 눈을 마주하기 힘들 정도였다. 가을을 걸으면서 '오늘은 내 시를 위해 무엇을 건질 수 있을까'라며 기대 반 걱정 반으로 백마관으로 갔다. 강의가 시작되기 전까지 평소 안면 있는 지역의 문인들과 반갑게 이야기하며 삼삼오오 모여서 그간의 적조함과 만나서 반갑다는 대화들이 이곳저곳에서 웅성거린다. 때론 다소 호들갑스런 소리로 반기는, 어느 모임이나 그러하듯이 강의 전의 분위기가 강의실을 메웠다.

시인은 일반적인 시에 대한 강의를 하던 도중에, '죽은 고양이의 값은 얼마일까?', '돌의 값은 얼마일까?', '노을의 값은 얼마일까?'라는 화두와 같은 말들을 던졌다. 어쩌면 현시대는 모든 것에 값을 매길 수 있는 시대일 수도 있다. 경제적인 부분을 도외시하고 살 수 없는 시대이니, 분명 계량화 할 수 있을 것이다. 그러나 무생물인 돌과 노을이 무가치한 듯 보이지만 우리에게 무상으로 주어진 소중한 것들의 값은 수치를 넘은 곳에 그 가치가 있을 것이다. 시인의 시각은 남들이 보지 못하는 곳까지 깊게 보아 은폐된 사물의 뒷면까지도 탈은폐시킬 때 시의 가치가 오르는 것일 것이다. 사물의 깊이를 읽어 내지 못하는 시는 발견을 하고도 깊이를 담지 못하는 평면에 멈춘 시가 될 것이 분명하다. 시가 많아도 우리에게 오래도록 여운과 감동을 남기는 시가 많지 않은 이유일 것이다.

시인이 강의하는 옆에는 '자동판매기'라는 제목의 시가 걸려 있었다. 대개의 강의는 강사로 초빙된 시인이 쭉 이야기를 풀어 나가고 강의 후에 강의에 대한 질문을 받는 형식으로 진행이 된다. 하여, 궁금한 사항이 있으면 메모를 남겨 놓았다 질문을 해야 하는데, 머릿속에서는 강의 중간중간에 질문 사항이 떠오르다가 막상 강의가 끝날 때쯤 머리가 하얗게 빈 것처럼 질문을 잊는 경우가 많다. 정확히 말하자면, 중간중간 메모를 해도 강의 속도를 따라잡지 못하여 강의가 끝나고 질문을 하려면 질문의 요지가 흐트러지곤 한다. 의문이 들었던 사항을 정확히 짚어 내고도 강의가 진행되면서 그 사안이 날카로움을 잃는 것은 시간차 때문일 것이다. 질문하고 싶은 정확한 요지가 상당 부분 퇴색되는 경우가 많아 질문을 하지 못하는 경우가 많다. 여러 사람들의 눈이 질문자에게 집중이 됨으로 떨리는 마음으로 머뭇머뭇하다 제대로 질문을 못 하는 경우도 비일비재하다. 나는 말을 잘하는 편도 아니고 수줍음도 많이 타는 편이어서 질문은 더욱 쉬운 일이 아니다. 강의가 끝나고 집에 돌아와서야 '이 질문은 꼭 했어야 하는데'라는 궁금증이 다시 일어나 질문하지 못한 것에 대한 후회가 남곤 했다.

우리나라의 교육 방식이 토론식 교육이 아니어서 우리 몸에 토론의 어색함이 밴 것이 아닐까라는 생각을 해 본다. 그냥 친한 친구들과 만나서 일상의 용어를 사용하며 대화하듯이 강의 시간에도 많은 사람이 있든지 없든지 상관하지 않고, 내가 궁금한 사항을 물어볼 수 있는 훈련이 되어 있질 않은 것이다. 용기를 내서 막상 질문을 하고 나면 다른 사람들이 내 이해력에 대한 비웃음까지는 아니어도 내 실력을 낮추어 볼 수 있다는 생각이 늘 내 질문의 길을 막아서는 것이었다. 오히려 내가 앞에 서서 강의를 한다면 다른 사람들과 입장이 바뀌어 나와 같은 생각을 다른 사람들이 할 것이 분명하다. 여러 사람들 앞에서, 공식적인 자리라는 부담감은 늘 그렇게 내게는 무거운 것이었다. 몇 몇 말 잘하는 사람들의 질문을 듣다 보면, "아! 저거였어. 내가 저렇게 질문했어야 하는데……"라는 탄식만 하다 돌아선 경험이 허다하다. 어떤 경우든지 강의 후에 어렵게 용기를 내서 질문하고 그에 대한 답을 들었을 때, 그 답은 내게 오래도록 각인되어 잊혀지지 않는 것을 보면 강의마다 무언가를 얻기 위해서는 사실 떨리고 어렵지만 궁금한 사항은 질문을 해야 한다. 그걸 알면서도 나는 그날 아무 질문도 못하고 궁금증을 가슴에 안고 집으로 돌아왔다. 설사 내 궁금증의 상당 부분을 해소하지 못한 아쉬움이 남아 있다 해도 의미 없이 보낸 주말이 아니었다. 내가 오늘 배운 것의 방점을 찍지는 못했어도 유의미한 날이었다는 뜻이다.

오늘 강의에서 무엇을 얻을 것인가에 대한 참석할 때의 고민은 다른 시인의 색다른 시각을 통한 경험을 듣는 것으로도 얻은 것이 많다. 강의를 하기 위해 준비한 시인은 자신이 가장 내세울 수 있는 분야에 대해 준비를 했을 것이고, 수십 년 동안 겪고 연구해 온 나름의 이론에 대한 농축된 엑기스를 짧은 시간에 표출했을 것임에 틀림없다. 그 깊은 의미까지는 확실하게 공유하지는 못했을지라도 내가 공부하는 길에 상당한 자양분이 될 것임에 틀림없다. 단풍이 아직도 손짓을 하는 황금 같은 주말 오후에 몇 시간의 투자로 분명히 많은 것을 얻은 날이었다.

첫 번째 문학 기행

처음으로 문학 기행을 갔다. 해남에 도착하여 '제비'란 이름의 민박집에서 숙박을 하게 되었다. 비가 오기 시작하더니 허술한 민박집은 눅눅해지기 시작했다. 빗줄기가 굵어지자 천장의 몇 곳에서 비가 새는지 비를 머금은 천장의 면적이 넓어지다 급기야 한 방울씩 떨어지기 시작했다. 누군가의 제안에 의해 우리는 해남 읍내에 있는 찜질방을 알아보고 민박집에서 나왔다.

문학 기행이 처음인 것처럼 찜질방에 온 것도 처음이라 색달랐다. 따뜻한 찜질방에서 푹 잘 수 있다는 생각에 행복했지만, 그건 내 생각일 뿐이었고 일행은 잠을 잘 생각이 없는지 자기들의 살아온 경험 이야기가 끊이지 않았다. 동문들이라 해도 이런 기회를 통해 서로를 알아 가는 과정이 흔치 않음으로 나만 따로 잠을 잘 수가 없어 이야기에 동참했다. 이야기를 주도하는 사람은 어느 모임에서나 있게 마련이다. 좌중을 휘어잡으려는 유전자는 따로 있는 것이라는 생각도 들었다. 아무튼 밤새 이런저런 이야기들을 하느라 20여 분밖에 잠을 잘 수가 없었다.

비가 계속 쏟아져 우리는 우산을 들고 두륜산 대흥사에 갔다. 어젯밤 찜질방에서 밤을 보낸 동문들은 밤샘 대화를 통해 많이 친해져 있었다. 한잠도 못 잔 것까지 이야깃거리가 되어 낄낄거리며 대흥사의 산문을 들어서게 되었다. 부처님을 모신 대웅보전에서 부처님께 합장하고 우리는 각자 흩어져 대흥사의 경내를 둘러보게 되었다. 이곳은 서산 대사의 사리가 모셔져 있는 절로 부도가 다른 절보다 많았다. 서산 대사 동상의 지팡이는 지금도 조금씩 자란다는 믿기 어려운 말도 듣게 되었다.

대웅보전이라는 2행 종서의 편액은 원교(圓嶠) 이광사(李匡師, 1705-1777)가 쓴 글씨이다. 원교는 1755년 소론 일파의 연잉군(훗날의 영조) 제거 역모 사건(나주괘서사건)의 실패로 가담자 모두 장살·옥살되는 가운데, 왕족의 후예이자 예술적 천품이 참작되어 영조가 원교에게 사약 대신 유형(流刑)을 내리게 된다. 이천 리 유배 길을 나서는 1755년 3월 30일을 원교 스스로 성은(聖恩)으로 다시 태어난 생일날로 삼을 정도였다고 한다. 최북단 함경도 부령에서 7년, 다시 최남단 절해고도인 완도의 신지도에서 15년 도합 22년을 유배지에서 살다 죽었다.

유배지에서 살면서 희, 노, 애, 락을 모두 글씨에 담아낸 인물이다. 왕희지를 토대로 신라의 명필 김생 이래 우리 글씨는 물론 중국의 당, 송, 원, 명의 글씨 맥락을 소화해 낸 '백하 윤순'의 창경발속(蒼勁拔俗)한 글씨 미학과 학서(學書) 방법을 토대로 했다고 한다. 지리산의 천은사의 글씨도 원교의 글씨다.

우리나라 서예의 대가 추사(秋史) 김정희가 55세 때(헌종) 제주도 유배를 가는 길목인 대흥사에 들렀다 한다. 당시 다도(茶道)의 대가였던 초의 선사에게 선방 건물인 백설당에 걸려 있는 무량수각(无量壽閣)이라는 편액을 써 주게 된다. 추사 김정희가 원교에 대해서 원교가 먹을 가는 법, 붓 잡는 법도 제대로 모르고 구양순과 안진경의 글씨를 일률로 규정하고 있다고 비판하였다. 추사는 청에서 돌아온 급진적인 비학파 이론을 토대로 원교가 첩학의 본래 결함도 모르고 있거나 한·위의 여러 비석 글씨의 품평상의 오류까지도 신랄하게 지적하고 있다.

조선 최고의 석학 중의 하나인 다산 정약용 역시도 원교의 글씨에 대해, 반전이 심한 원교의 행서를 "자형(字形)이 가증스럽다"고 혹평하였다. 그럼에도 불구하고 글씨에 개성을 담아내는 인물로는 원교를 따를 수 없다는 것은 후대에 들어 많은 사람들이 인정하게 되었다. 원교의 귀양 기간이 길어 우울한 심기를 표현하듯 삐뚤삐뚤한 글씨들을 보는 것에서 글씨 쓴 사람의 불운한 시기의 심기가 고스란히 전해지는 듯하다.

함승원의 소설에서는 추사 김정희가 원교의 글씨는 글씨도 아니니 내리라고 했다고 되어 있다. 실제 그랬는지는 모르지만, 추사의 자부심이라면 그랬을 수도 있다는 생각이다. 추사는 제주도로 건너가 7년의 귀양살이를 하며, 추사가 이상향으로 여기던 전한(前漢) 시대의 경명(鏡銘)의 글자를 기본으로 한 예서의 골격에 전서·해서의 풍을 가미한 새로운 조형미가 물씬 풍기는 추사체를 완성한다. 7년의 귀양살이를 통해 추사의 넓고 깊은 학식에 더하여 개인 수양이 깊어져 돌아가는 길에 대흥사에 들러 원교의 글씨를 다시 걸라고 했다는 일화를 보면 인간의 시련은 마음의 넓이와 깊이, 그리고 사람을 이해하는 폭도 넓히는 것 같다.

또한, 대흥사에 있는 추사의 무량수각 편액이 걸린 백설당(白雪堂)의 당호 편액은 해사(海士) 김성근(金聲根, 1835-1919)의 글씨이다. 해사 김성근은 부산 범어사의 산문인 금정산 범어사(金井山 梵魚寺)의 편액도 썼고, 대구 팔공산 동화사의 영산전(靈山殿), 산신각(山神閣), 대구 무학산의 학산재(鶴山齋)도 쓴 인물이며, 해남 대흥사의 첫 관문에 걸린 편액 두륜산 대흥사(頭輪山大興寺)를 쓴 인물이다.

조선을 대표하는 서예가들의 글씨들이 이 땅끝 마을 해남 대흥사에 걸린 것은 유배지라는 특성과 연결이 될 것이다. 해남에서 가까운 곳에 있는 섬들이 유배지로 쓰여 재능 있고 의식 있는 선비들이 이 근처에 와서 귀양살이를 한 것과 유관하다. 해사 김성근은 귀양살이와는 관계가 없는 인물이다. 전라도 관찰사를 지낼 때 편액을 쓴 것으로 추정된다.

우리 일행은 강진으로 와서 시티호텔에 투숙하게 되었다. 전날 밤의 민박집의 눅눅한 기운을 피해 찜질방에서 잠을 못 잤던 것을 보충하려 했는지 단잠에 푹 빠졌다.

사찰(寺刹)이라 함은 불교에서 귀하게 여기는 세 가지 보물인 불(佛)·법(法)·승(僧)의 3보(三寶)가 갖추어져 있는 곳을 말한다. 즉, 3보를 모시는 곳이 사찰이다. 특히, 우리나라에서 3보의 대표 사찰로는 첫째, 불보사찰(佛寶寺刹)로는 양산 통도사를 든다. 통도사는 부처님의 진신사리가 모셔져 있어 불상은 따로 모시지 않는다고 한다. 부처님의 사리 자체가 부처님이기 때문이다. 특히, 통도사가 불보사찰로 자리매김한 이유는 부처님의 정골사리(머리 정수리에서 나온 사리)를 봉안하고 있기 때문이다. 둘째, 법보사찰(法寶寺刹)은 합천 해인사로 알려져 있는데, 해인사에는 부처님의 말씀을 담은 대장경(팔만대장경)을 간직하고 있기 때문이다. 셋째, 승보사찰(僧寶寺刹)은 순천의 송광사로 알려져 있다. 16명의 국사(國師)를 배출한 데서 유래가 된 것이다.

우리나라 삼대 사찰 중의 하나인 송광사에 도착했다. 삼대 사찰 중에 승보사찰로 수선(修禪)을 강조하는 절이고, 큰스님들을 많이 배출한 곳이다. 스님들이 많은 큰 규모의 절이 짜임새 있게 보였다. 송광사 경내를 보면서 옛날 절에서 7가마니의 쌀로 4,000인분의 밥을 지었다는 대형 밥통 '비싸리구시'도 볼 만했다. 큰 나무를 파내고, 이중의 나무 밥통을 넣어 밥을 담아 두어 따뜻한 상태를 지속하였을 것이라 생각된다. 조정권 교수님께서 '세월각' 앞에서 설명을 하고 계셨다. 세월각은 여자 영가의 관욕소로 영가가 절에 들어오기 전에 이 관욕소에서 목욕을 하는 것으로 생각하였다. 몸 하나 들어갈 정도의 작은 암자에 들어가 세월을 닦았다고 한다.

일정에 조금씩 쫓기기 시작하면서 다산 초당으로 이동했다. 다산이 유배를 와서 이곳에서 많은 책을 저술하게 된 곳이다. 그 당시에도 초당의 앞에 연못을 조성하여 오리 닮은 수석을 앉혀 놓은 걸 보면 다산의 안목을 짐작할 수 있다. 아픈 역사의 현장을 고스란히 간직한 이곳을 돌아볼 수 있었던 이번 문학 기행이 내게 큰 의미 있는 여행이 되었다.

산사 체험
—오대산 월정사

　산사(山寺) 체험을 위해 강원도 오대산에 있는 월정사(月精寺)
에 도착했다. 일주문까지는 전나무 숲길로 이어져 있다. 옛날
어느 보살이 부처님께 드릴 공양을 들고 오다가 소나무 위에 앉
아 있던 눈덩이가 공양드릴 죽 위로 쏟아져 버렸다고 한다. 부
처님께서는 '소나무를 추방시키고 전나무만 남아 있으라' 하여
그때부터 이곳엔 전나무 숲길이 되었다고 전해지는데, 아주 오
래된 아름드리 전나무들로 이루어진 길이 장관이었다. 소나무
는 월정사 밖으로 쫓겨나 그곳에서 자라고 있다는 전설에 걸맞
게 전나무 숲길에는 소나무가 한 그루도 자라지 않는다고 한다.
　일주문의 기둥에 청룡과 황룡이 새겨져 마주 보고 있었다.

'용'이란 원래 불교의 발원지인 인도에서는 이무기로 불경스러운 것들을 지키는 수호신이었으나, 중국으로 불교가 건너오면서 이무기는 용으로 바뀌었으며 우리나라에도 용이 수호신으로 자리를 잡게 되었다고 한다. 이러한 것들은 인간이 만들고 의미부여를 하여 또 부여된 의미에 맞추느라 안간힘을 쓰는 것일 수도 있지만, 그래도 해로울 것은 없으니 지키고 보전하여 옛사람들의 생각을 후세에 이어 줘야 한다는 생각이 들었다.

저녁 6시에 월정사 경내에 도착하여 긴 여정의 짐을 풀고 저녁 공양을 마쳤다. 초저녁 부처님께 참배를 드리고 비교적 일찍 숙소에서 여독을 풀려 했으나 여러 사람이 모여 이야기보따리를 풀어 놓느라 약간은 어수선하였다. 서울에서 온 어느 불자님의 가족 자랑 이야기가 거슬렸으나 그런대로 눈치는 있는 사람인지 이야기가 아주 지나치지는 않아 큰 문제없이 넘어갔다. 나는 또 버릇처럼 사람들과 어울리지 못하고 한 귀퉁이에 달랑 방석 한 장을 들고 서 있는데, 전라도 불교회 팀이 비켜 주는 바람에 불경하게도 부처님 앞에서 잠을 자게 되었다.

죄가 많은 몸이라서인지, 첫 경험의 낯설음에서인지 깊은 잠은 들지 못하고 뒤척이다 새벽 3시에 잠을 깼다. 다시 잠들면 새벽 예불 시간에 맞추기 힘들 듯하여 조용히 밖으로 나왔다. 서쪽의 파란 하늘 위에 유독 선명한 반달이 떠 있었다. 절의 이름이 월정사이니, 이곳에서 보는 달은 달의 정수라고 해도 될 말이다. 물론, 불법을 수행하는 절에서 수도하며 바라보는 달은 삼라만상을 두루 덮어 주는 마음으로 보는 달의 정수를 뜻한다는 것이 맞을 것이다. 맑은 공기의 차가운 기운이 벼린 달의 외곽선은 칼날처럼 선명하였다. 반달의 예각으로 꺾인 꼭짓점까지 세세하게 눈앞으로 당겨져 보이는 달, 이곳 월정사에서 본 달은 내 가슴 깊이 박혀 각인이 되었다. 나는 지금껏 바라본 달 중에 가장 아름다운 달을 이곳 월정사에서 본 것이다. 불빛 하나 없는 깊은 산사의 봉우리 위에 펼쳐진 하늘은 슬프리만치 푸르디푸른 하늘이었다.

월정사하면 이곳에서 열반하신 탄허 스님에 대한 이야기를 빼놓을 수 없다. 기호학파의 면암 최익현 선생 계열에서 한학을 수학했고, 도학에도 상당한 경지를 이루었던 탄허 스님은 22살에 오대산 상원사로 출가했다. 이후 3년 간 묵언 참선의 용맹정진으로 수행했으며, 15년 간 오대산 동구 밖을 나오지 않은 것으로 유명하다. 팔만대장경의 한글 번역 작업을 하여 '한글대장경' 간행에 공을 세웠다. 해방 후, 함석헌과 양주동은 탄허 스님의 장자 강의를 들었다고 전해진다. 양주동 박사는 1주일간 장자 강의를 듣고 탄허에게 오체투지로 절까지 했다는 것으로도 유명하다. 양주동 박사는 탄허를 가리켜 "장자가 다시 돌아와 자신의 책을 설(說)해도 오대산 탄허를 당하지 못할 것"이라고 하여 그 학문적 깊이에 탄복하였다고 전해진다.

탄허 스님은 주역을 근거로 전 인류의 70%가 자연재해와 핵으로 타격을 입을 때, 한국도 피해를 보지만 그 이후 세계사의 주역이 되어 우뚝 서게 될 것임을 주장한 것으로도 유명하다. 자신이 열반하는 날짜와 시간(1983년 6월 5일 오후 6시 15분)을 맞혔다는 것이 더욱 놀라운 일이다. 탄허 스님은 자신이 예언한 시간에 월정사에서 열반하였다.

이번 산사 체험의 순서 중 정념 스님의 설법이 생각난다. 정념 스님은 '한 마리의 황학이 사마귀를 노리고 있었다. 그 사마귀는 매미를 노리고 있었다. 세상의 모든 욕심은 욕심을 낳는다. 내가 취하고자 갈구하는 그 무엇에 정신이 팔려 있는 동안, 누군가 나를 노린다. 그것을 눈치 채지 못한 채 욕심에만 눈이 어두워 사나운 짐승처럼 독을 품는다'는 설법이 기억에 남는다. 당랑포선(螳螂捕蟬)에 황학재후(黃鶴在後)란 말이다. 사마귀는 매미만 잡으려 정신이 팔려 뒤에서 자신을 노리는 황학을 눈치 채지 못한다는 말이 계속 귀를 울린다. 정념 스님은 '사람들아 욕심을 버려라. 세상은 공(空)이다. 그러므로 너의 생각 속에 가득한 욕심을 비우는 일에 최선을 다하여 사사로움에 눈멀고 귀멀지 말 일이다'라고 말하며 욕심만을 좇아 세상을 살아가는 현대인들의 허망한 삶에 대하여 비움으로 더 좋은 세상, 더 의미 있는 세상을 만들어야 한다고 하였다.

나는 이곳 월정사에 와서 얼마나 비우고 그 빈자리에 무엇을 채웠는지를 잠시 돌아보았다. 비울 수 없는 것들이 많은 삶이 지치고 힘들 때, 복잡한 것들을 모두 내려놓고 훌쩍 산사에 들러 고요한 상태의 마음을 들고 다시 돌아오는 일들이 유익한 경험이 될 거라 생각한다. 설사, 비우지 못하고 얻은 것이 없다 해도 맑은 밤하늘의 아름다운 달과의 대화만으로도 지친 삶의 기운이 치유되고, 나아가 삶의 정기가 충만해지리라는 확신이 들었다.

정념 스님의 "공(空)"을 주제로 한 대법회로 산사 체험을 마치고 월정사를 떠났다. 이곳 월정사가 위치한 오대산의 동대산 자락에서 북쪽으로 오르면 진고개 신사로 유명한 노인봉이 나오고 노인봉을 넘어 하산하는 길은 소금강의 출발점으로 계곡이 수려하고 수량(水量)이 풍부하다. 물 많고 수려한 장관이 금강산의 축소판이라 하여 이름 붙여진 소금강의 아름다운 풍광을 보고 싶었으나, 아쉽게도 다음에 기회를 갖기로 했다.

경주 세미나

　한국시인협회에서 개최하는 세미나가 있어 경주에 가게 되었다. 경주라는 도시는 옛 신라의 도읍지라는 명성에 걸맞게 과거의 모습을 고스란히 보존한 아름다운 도시였다. 기와지붕의 집들이 많은 것과 관광 물품을 판매하는 곳들도 과거를 현재로 옮겨 놓은 듯한, 현재 속에 과거가 들어와 있는 느낌을 받게 해준다. 경주는 높은 산이 없어도 가는 곳마다 천년 고도라는 별칭에 걸맞은 문화재가 산재한다. 경주는 편안하고 아늑한 마음을 품게 하는 도시라는 느낌이다.

　세미나에서는 그날의 중점 주제를 제시하는데, 이번 세미나는 월탄 박목월 선생님에 관한 주제를 선정하였다. 박목월 선생님을 주제로 하여 선생의 생전에 이런저런 관계를 맺었던 분들과 문단에서 왕성하게 활동하시는 선생의 제자들을 포함하여 많은 분들이 오셨다.

세상의 모든 인맥은 그 중심에 한 사람이 있다. 기둥이나 대들보 같은 한 사람을 중심으로 하여 그 주변에 사람들이 모여들면서 인맥이 이루어진다는 생각이다. 한 사람이 전국적인 명성을 얻기까지 기본적인 인격과 인품에 더하여 실력을 갖추어야 한다. 진인사대천명(盡人事待天命)이라는 말처럼 개인의 기본 소양을 모두 갖춘 후에 어떠한 계기가 되어 유명해지는 것이다. 나무는 형체를 이룬 그늘을 만들어 사람들을 모이게 한다면, 큰 인물은 보이지 않는 이름의 그늘로 사람들을 끌어모으는 힘이 있다. 큰 인물을 거목이라고 나무에 비유하는 이유일 것이다. 과거 우리나라 문학의 한 획을 선명하게 그어 문단의 거목이 된 박목월 선생의 그늘에 모여들었던 사람들은 서로 연결이 되어 하나의 큰 맥을 구성하고 지금까지 그 흐름은 문단의 한곳을 흐르고 있다는 생각이 들었다.

한국시인협회 주관으로 세미나는 알차게 진행되었다. 나는 아직 문단에서 미미한 존재지만 기라성 같은 문인들, 특히 시인들을 보면서 나 스스로를 돌아보는 계기가 되었다. 선배 문인들이 걸어오며 전국적인 명성을 얻기까지 치열하게 노력하고 삶을 이겨 낸 토대 위에 문학을 이루었을 것이라고 생각을 하면 지금까지 내 삶과 비교되어 더 노력해야 한다는 결심을 하게 되

는 것이다. 앞이 보이지 않는 미래의 길을 현재에 충실함으로
도달할 것이라는 막연한 기대감을 내 안에 다짐하는 시간이 되
었다. 시를 쓰는 사람으로 공부를 열심히 하고 내 안의 시심을
끌어내 한 편 한 편을 다듬어 지금 이곳에 모인 문학의 별들처
럼 언젠가 저 천공에서 빛을 발하는 사람이 되겠다는 결심을 하
게 되었다. 미래는 막연하여 보이지 않아도, 아직은 내 작품들
이 작은 빛조차 품고 있지 못해도 선배 문인들이 그간에 해 왔
던 노력 이상을 하게 되면 가능하리라는 생각으로 결의에 찬 마
음을 다지게 되었다. 경쟁이라는 말을 꺼낼 게재는 아니어도 기
라성 같은 문단의 별들도 나처럼 완숙하지 않은 단계를 거쳤을
것이고, 더하여 스스로를 깎아 내는 고통의 시간을 극복하여 지
금의 실력들을 갖추었을 것이다. 보이지 않는 길, 그러나 분명
하게 그 길을 걸어와 찬란하게 빛나는 별들이 되어 있는 선배들
을 생각하는 시간이 되었다. 현존하며 활동하시는 내로라하는
시인들과 얼굴이라도 마주할 수 있는 기회를 갖는다는 것 또한
깊은 의미가 있는 일이다. 이런 세미나를 참석하고 나면 현장에
서는 약간의 주눅이 들지만 배우는 것이 많고 마음속의 결심을
다잡아 주는 효과가 크다.

한 사람을 앎으로 해서 그가 소개해 준 사람들과 인사를 하여
내가 아는 사람들이 하나둘 늘게 되어 있다. 시를 쓰는 같은 길
을 걷는 사람들은 오늘의 행사 뒤에 헤어져도 개중의 몇몇은 다

른 행사에서 다시 만날 가능성이 많은 것이다. 만나고 인사하며 내가 아는 사람들의 지평이 넓어지는 반복을 통해 같은 길을 걷는 사람들의 인맥은 새롭게 구성되어질 것이다. 문학이라는 테두리를 벗어나지 않는 한 이번 행사에서 인사한 사람들은 또 다른 곳에서 대면하게 되면 조금은 낯설음이 덜할 것이기에 오늘 행사 참석은 잘한 결정이었다고 확신했다.

사람들은 소개해 주는 중간자의 역할을 하는 사람에 따라 사람을 바라보는 시선이 달라진다. 평소 A라는 사람에 대한 인품과 인격에 감동을 한 사람이라면 그가 만나고 소개해 주는 사람들도 그와 같은 인품과 인격이 있으리라 인식을 하는 것이다. 유유상종이라는 말처럼 순한 사람들은 순한 사람들끼리, 공부를 열심히 하는 사람들은 열심히 하는 사람들과, 다툼을 좋아하는 사람들은 다툼을 좋아하는 사람들과 어울린다는 말일 것이다.

이번 행사에 참석하라고 권유해 주신 오세영 선생님이 틈나는 대로 많은 사람들에게 나를 소개해 주셨다. 오세영 선생님의 소개를 통해 인사하는 사람들이 선생님의 인격을 잘 아시는 분들이므로 아직은 문단의 말석에 앉아야 할 내게도 정중한 인사를 함으로 해서 나는 이번 세미나에서 한껏 마음이 부풀어 올랐다. 오세영 선생님의 덕을 입은 이번 행사의 참여는 내게 큰 기쁨으로 남게 되었다.

송년음악회

　제복을 입은 경찰들을 일반 시민들에게 도움을 주는 사람들로 생각하는 사람들도 있고, 한편으로는 무섭다고 생각하여 경계하는 사람들도 있으리라 생각해 본다. 민중의 지팡이라는 말은 말 그대로 국민들을 보호하며 도움의 손길을 서슴없이 내미는 없어서는 안 될 존재이다. 이 땅에 사는 사람들이 법을 기초로 하여 생활을 하며 그 법이 제대로 잘 지켜지는 뒤에는 경찰들의 노고가 있기 때문이다. 어떤 집단이라도 많은 사람들이 섞여 있다 보면, 문제 있는 사람들도 있어 간혹 좋지 않은 인식을 주는 몇 사람들로 인해 대다수의 성실한 경찰 구성원들이 욕을 먹는 경우가 있었다. 그럴 때마다 정말 안타까웠다.

　일제강점기와 해방 이후의 혼란기를 겪으면서 경찰에 대한 일반인들의 인식은 좋은 감정보다 안 좋은 감정을 가졌을 수도 있다. 그러나 우리나라의 정치가 안정되면서 경찰은 시민들과 친근한 관계로 변화하였고, 경찰 조직이 없는 사회는 불안하여 살 수 없는 사회가 되어 정말 중요한 역할을 수행하는 조직으로 계속 변화하여 왔다는 것은 누구도 부인할 수 없는 일이다. 많은 시민들이 평소에는 경찰의 조직을 잊고 살다가도 어려움에 봉착하면 가장 먼저 도움을 요청한다. 민주주의 국가에서 법질서가 무너지면 그보다 더 큰 혼란은 없을 것이다. 힘의 논리로 사회가 구성되어 약육강식의 동물 세계와 별 차이가 없으리라.

누구 한 사람 소외됨이 없이 편안한 삶을 영위하는 것이 숭고한 인본주의 사회라 한다면 힘의 논리에서 최소한의 국민들의 권익을 지켜 나가는 정부의 노력이 필요하다. 또한, 정부 정책의 최일선에 경찰 가족이 있다는 생각이다. 법의 테두리 안에서 서로의 약속이 지켜져야 편안한 사회가 될 것은 불 보듯 뻔한 것이다. 그 뒤를 든든하게 지켜 사회의 버팀목으로 받치고 있는 것이 경찰 조직이다.

'시민과 경찰이 함께하는 송년음악회'에 다녀왔다. 남편은 음악회가 아주 오랜만이라고 했다. 좀 더 친근한 경찰이 되기 위해 시민들에게 다가가는 경찰들의 노력이 가시화되는 행사들이 많아지고 있다. 오늘의 음악회도 경찰이 얼마나 시민들에게 고마운 존재이며 친근한 이웃인지, 그리고 따뜻한 사람들로 구성되어 있다는 것을 말 없는 말로 대변하는 행사 중 하나이다. 경찰 공무원은 사회정의에 대한 투철한 사명 의식이 없으면 할 수 없는 직업이다. 강력 범죄의 범인들을 검거하기 위해 자신의 몸을 던지는 경찰들은 사명 의식 없으면 할 수 없는 일일 것이다. 재난에 봉착한 시민들의 목숨을 구하려 뛰어드는 일 역시 사명 의식에 의한 과감한 행동들이다. 그런 것을 생각해 보면 경찰들은 시민들이 편안한 생활을 할 수 있도록 치안 유지와 사회질서를 유지시키는 고마운 우리 이웃들이다.

시민들과 함께하는 음악회를 통해 즐거운 마음으로 하나가 된 송년음악회에 참석한 모든 사람들이 환하게 웃는 모습을 보고, 이 사회가 정말 따스한 사람들로 넘쳐나고 있음을 새삼 깨달았다. 그런 사회의 정의를 수호하고 민중의 지팡이로 시민들을 따뜻하게 감싸 주는 경찰 공무원의 일원인 남편이 자랑스럽다. 야근도 마다하지 않고 격무에 시달리면서도 주어진 책무를 묵묵히 수행하는 많은 경찰 가족들의 수고로움에 박수를 보낸다. 남편은 바쁜 업무에 쫓겨 늘 업무 외에는 눈 돌릴 새가 없어 문화생활조차 마음껏 영위하지 못하고 산다는 생각을 하자 마음이 쓸쓸해졌다. 음악회의 구성도 많은 고민의 흔적들이 읽혀졌다. 함께한 사람들이 즐길 수 있는 곡들의 선정에서부터 노력한 흔적들. 시민들이 박수를 치며 함께 즐거워할 수 있는 세심한 배려를 한 것이 마음에 들었다. 이 시간이 끝나면 업무의 최

전선에 뛰어들어야 할 이곳의 경찰 공무원들이 격무에 대한 모든 시름을 잠시 내려놓고 한껏 즐기는 모습이 행복해 보였다.

민주화라는 단어가 보편화되어 사용되어지는 요즘이다. 사회 모든 곳이 이상적인 모습으로 변화되면 더없이 좋을 것이다. 남에 대한 배려를 하며 소외되고 힘없는 국민들에 대한 사회 안전망의 구축을 완벽하게 하면 정말 살기 좋은 사회가 될 것이다. 완전한 사회 안전망 구축은 쉬운 일이 아니다. 완전한 사회 안전망 구축이 되기 전까지 최소한의 안전망 구축의 저변엔 경찰 공무원들의 보이지 않는 사명 의식과 투철한 근무 철학이 바탕이 될 것이라 생각한다. 오늘 하루만이라도 모든 걸 내려놓고 파안대소하며 웃는 이곳에 모인 모든 사람들처럼 경찰 공무원들이 시민과 함께 아름다운 사회를 만들어 가는 모습을 그려 본다. 지금 이곳에 있는 저들이 우리 사회의 미래를 만들어 가는 현실 속 사회 안전망이다.

도솔산 내원사

　도솔산 내원사는 나와 아주 특별하고 신비한 인연으로 연결된 사찰이다. 어느 날 꿈속에서 돌아가신 어머니께서 현몽하셔서 이 절에 계시겠다고 말씀하시며 오빠와 함께 있을 것이라고 하셨다. 정말 선명한 꿈이어서 잠을 깬 후에도 어머니의 음성이 들리는 듯한 선몽이었다. 가끔 사람들이 이와 비슷한 이야기를 할 때 '설마 그런 일이⋯⋯'라는 생각으로 이야기를 들었던 기억이 난다. 있을 수 없는 일이라는 생각을 했던 것이다.

　그런데 이런 일이 내게 생기니 세상에는 믿기 어렵지만 신비한 일들이 있다는 것을 알게 되었다. 그리고 그때부터 이곳 내원사에 오면 어머니가 이곳 어디에선가 나를 보고 있다는 생각을 하게 되었다. 뵐 수는 없지만 내원사 경내 어디를 돌아보아도 어머니는 내 곁에 동행하는 듯한 포근함을 느낄 수 있었다. 어머니가 보고 싶거나 무언가 간절한 소망이 있을 때, 이곳에 와서 기도하면 어머니가 들어주실 것 같은 생각이 든다. 앞날의 결과를 알 수 없는 우리 가족의 걱정스런 일들을 어머니께 내려놓고 부탁하며 돌아서면 늘 마음이 놓여 내게는 희망의 장소가 되었다.

아주 오랜만에 '내원사'에 들렀다. 대다수 산사의 풍광이 그렇듯 조용하고 아늑한 분위기였다. 산의 공기 자체만으로도 상큼하지만, 사찰의 경내에서 풍겨 나오는 알 수 없는 편안한 기운이 내 속에 가득해졌다. 게다가 이곳은 내가 늘 그리워하는 어머니가 함께한다는 생각이 있어 더욱 편안한 곳이다.

외부에서 건물의 내부로 들어가는 물 배관에도 동파를 방지하기 위한 보온재로 탄탄하게 감싸 겨울옷을 두껍게 입힌 모습이 보였다. 곧 다가올 겨울 준비를 이곳은 이미 끝내 놓은 듯했다. 하긴, 산속에서의 추위는 도시보다 먼저 찾아오게 되어 있으니 도시에서 가을의 정취를 느낄 때 이곳은 한 발 앞서 겨울을 채비하는 것이 맞으리라. 오가는 사람이 별로 없는 곳에 가을바람과 햇볕이 가라앉아 묘한 쓸쓸함을 풍기고 있었다.

바람이 일었다. 내가 이 절에 올 때마다 바람이 불었던 기억이 났다. 바람에 흔들리는 풍경 소리가 청아하게 들린다. 나는 이곳에 와서 바람이 불면 어머니가 버선발로 달려 나와 나를 맞이한다는 생각을 하곤 했다. 오늘도 어머니는 나에게 달려 나와 풍경을 통해 그리운 목소리를 들려주는 것 같았다.

밝은 눈으로 처마 끝에 달려 있는 풍경을 바라본다. 물속에서도 눈을 감지 않는 물고기, 물고기처럼 늘 깨어 있는 정신으로 수도하라는 의미가 있는 것이리라. 물고기가 풍경 밑에 추가되어 바람에 흔들릴 때마다 맑은 종소리를 낸다. 법당에 들어가기 전에 처마 밑에서 풍경 소리를 들으며 속으로 어머니에게 안부 인사와 오늘 이곳에 오게 된 내용들, 그리고 편안한 일상을 주셔서 고맙다는 대화를 한다.

우리나라에서 꿈이라는 단어에는 상당한 의미와 신비한 이야기들이 마치 종교의 한 분야처럼 형성되어 있음을 알 수 있다. 구전되는 많은 이야기들, 산신령이 나타나 지명한 곳에서 몇 백 년 묵은 산삼을 캤다는 이야기는 어느 지방에서나 흔하게 접할 수 있는 이야기다. 예로부터 상서로운 동물로 여기는 사슴·기린·호랑이·봉황·용 등등은 동물의 지위를 넘어 정신적인 상상계에 머무는 신의 범주에 들어가 있다. 이런 동물들을 꿈에서 만나게 되면 무언가 좋은 일이 생길 거라는 생각 속에는 과거에 무수히 많은 꿈에 대한 신비한 이야기들을 들어온 것에 기인한다.

동양에서의 꿈은 두루뭉술하게 생각을 하는 전통이 계승되어 왔다. 우리나라를 포함한 동양에서는 미래에 대한 희망을 담은 선물 같은 예지로서의 위치에 놓고 꿈을 통한 현실의 불만족스러운 사안을 역전시키려는 의지가 보이는 것도 사실이다. 꿈속에서 섬뜩한 피를 보아도 좋은 꿈이라 하고 흉한 꿈을 꾸면 현실에서는 반대적인 대길(大吉)하다는 말들로 해몽이 되는 것을 보면 우리의 선조들은 꿈을 통해 현실 극복의 소망을 놓아 본 적이 없음을 알 수 있다. 평상시 골똘하게 생각하는 것들이 뇌의 잔상으로 맺혀 잠자는 동안에도 잠들지 않는 뇌의 활동에 의한 것이라는 접근 방법과는 분명히 차이가 있다. 미래에 대한 불안을 항상 안고 사는 현실계에 발을 디딘 우리로서는 미래에 대한 희망이 없으면 삶을 영위하기 얼마나 힘들겠는가를 생각해 보면 우리에게서 꿈은 희망이다.

미래의 소망도 '미래의 꿈'이라 표현하고, 갖고 있는 포부도 '꿈이 무어냐?'로 묻는 질문 등에 사용되는 꿈이란 단어는 분명 서양의 해석 방식과는 차이가 있는 것이다. 요즘에도 꿈속에서 조상을 만나거나 흰 수염과 흰 머리카락을 휘날리는 선풍도골의 할아버지를 만나면 복권을 사러 가는 사람들이 많음을 보면 우리에게 꿈은 신비한 영역이다.

다시 내 꿈으로 돌아가면 엄마가 내원사에 오빠와 함께 있겠다고 내 꿈에서 말한 몇 년 후, 오빠가 우리 형제들 중에서 가장 먼저 유명을 달리하였다. 안타까운 일이지만 꿈은 미래를 예지하는 힘이 있다는 것을 보여 준 것으로 받아들인다. 나는 어

차피 되돌릴 수 없는 슬픈 사실조차도 긍정의 마음으로 내원사
에 들린다.

갑사

    눈에 덮인 산의 설경이 수묵화처럼 아름답다고 느끼는 것은 나만의 생각은 아닐 것이다. 눈이 멎은 것 같아 갑사에 가 보려 집을 나섰다. 공주로 가는 국도는 자동차 통행에 전혀 문제가 없을 정도로 녹아 있었다. 갑사 주차장에서 절 입구까지는 눈이 녹지 않은 상태를 유지하고 있었다. 길 양옆의 나무에는 하얀 눈송이들이 솜이불처럼 앉아 있었고 걸어가는 중간중간 우리의 갑사 방문을 환영하는 것처럼 나무에 앉아 있던 눈들이 툭툭 떨어지며 말을 거는 것 같았다. 하얗게 눈이 깔린 길 위에 내 발자국을 남기는 소리도 듣기 좋았다. 그리 춥지 않은 겨울 햇살도 기분이 좋아지는 것에 한몫을 더했다. 찬바람에 뺨은 차가움을 느끼면서도 갑사를 향해 걷는 길은 정다웠다.

이곳에서 멀지 않은 계룡산 자락의 신도안에 과거에는 무속인들이 도를 닦던 암자들이 많았었다. 지금은 삼군 사령부가 들어서면서 군사적인 요지가 되었고, 무속인들은 뿔뿔이 흩어졌지만 계룡산의 보이지 않는 가운데 흐르는 기의 세계를 추정할 수는 있으리라. 예로부터 계룡산은 수도하기 좋은 땅으로 인식이 되었고, 조선 개국 당시 이성계가 도읍을 이곳으로 정하려고 했던 것만 보아도 우리나라 최고의 길지 중의 하나임을 능히 알 수 있다.

갑사와는 조금 떨어진 신원사에 중악단이 있는 것을 보면 계룡산 산신에게 제사 지내던 우리나라 제단의 중심을 뜻하는 산으로 생각할 수 있다. 조선 시대엔 묘향산에 상악단, 지리산에 하악단을 두고 그 중간 위치인 계룡산에 제단을 만들어 중악단이라 이름하였다고 한다. 계룡산이 신령스러운 산으로 인식되어져 왔음을 알 수 있게 하는 대목이다. 더 거슬러 올라가면 신라 때에는 오악의 중앙으로 인식되어 제사를 지내던 곳으로 알려져 있다. 신라 시대부터 시작되어 민간에 깊게 뿌리내린 산신 사상의 중심에 계룡산이 위치해 있던 것이다. 중악은 오악 중 한가운데로 동서남북 네 방위의 외호신을 거느린 황제의 위치에 해당된다. 중앙의 상징 동물이 황룡이라는 것을 생각하면 계룡산은 우리나라 전체 산 중의 으뜸이라 해석하는 것도 과한 얘기는 아닐 것이다. 그 많은 무속인들의 기가 뭉쳐 있는 계룡산

신도안에 어지간한 기관들로는 그 기를 이겨 낼 수 없으므로 기가 센 군인들의 본부가 들어간 것이라 회자되고 있다.

이야기가 조금 벗어났지만 갑사의 갑(甲)은 천간의 첫 번째를 차지하는 글사보 천간의 우두머리를 뜻하므로 갑사는 계룡산에서도 으뜸 되는 가람이다. 갑사의 대웅보전은 우리나라에서 가장 오래된 목조건물 중 하나로 부석사의 무량수전과 함께 고려 시대의 건축 양식을 보여 주는 문화사적 가치가 높은 보물이다. 절의 건물이나 우리나라 한옥의 지붕에 얹혀진 기와의 엄청난 무게를 견뎌 내는 것을 보면 옛날 우리나라 건축 기술에 놀랄 수밖에 없다.

갑사의 대웅보전 기둥을 보면 자연 그대로의 나무에 벌레들이 파먹은 작은 구멍들이 천년의 유구한 세월에도 의연한 아름다움을 보여 줬었다. 지금은 좀 더 오랜 보전을 위해 나무 기둥 그대로는 보존하기 힘들어 페인트를 칠하여 과거의 자연미는 사라졌지만, 우리에게 이렇게 오래된 목조건물을 원형 그대로 보존하여 수시로 찾아볼 수 있게 해 준 선조들에게 고마움을 표할 수밖에 없다. 오랜 역사를 지닌 큰 사찰에 가면 당간지주가 있는 것을 본다. 대다수 절에는 당간지주만 남아 있는 경우가 흔하고 원형 그대로 당간까지 보존된 곳은 많지 않은데, 갑사의 경내에서 오솔길을 따라 조금 벗어난 곳에 당간이 원형 그대로 보존되어 있다. 당간은 절에서 큰 행사가 있을 때 깃발을 꽂아 외부의 불자들에게 알려 주었던 것이라 한다.

충청 내륙의 비교적 완만한 평야 지대에 솟은 계룡산은 아주 높은 산은 아니다. 차령산맥에서 약간 비켜 나가 다른 커다란 산맥과 직접적인 연결 부분도 찾기 어려운 독특한 산이라 생각한다. 특별히 계룡산의 단풍은 옅은 노랑에서 불붙듯 빨간 단풍까지 그 수종의 다양성이 전국에서 으뜸 되는 산이다. 단풍철에는 계룡산의 다양한 단풍을 구경하려는 등산객들이 전국에서 몰려들어 인산인해를 이룬다. 갑사에서 동쪽으로 산을 넘어가면 동학사가 있어 평소 주말에도 많은 사람들이 몰린다.

계룡산, 그중에 갑(甲)의 위치를 지켜 온 갑사에 들어서면 편안한 마음을 유지할 수 있다. 산자락이 아늑히 보듬어 주어 겨울에도 평온한 봄의 마음으로 갑사의 경내를 거닐며 바라보는 계룡산의 겨울 풍광은 절경이다. 경내를 산책하듯 걷다가 돌아오며 이 겨울 지나면 봄에 다시 찾아오겠다며 갑사를 향해 합장을 했다.

감성사회의 도래

　특강을 들었다. 대중문화의 발전성과 하이팩트에서 하이터치로 이어지는 감성사회에서 우리(예술인)가 해야 할 것 등의 내용이었다. 먹고살기에만 집중을 해야 했던 개발 시대에서는 노동이 우선이고, 노동이 최고의 선이었음을 우리는 기억한다. 노동 없이 삶을 영위하기에는 불가능했던 시대. 그런 노동의 시대를 거쳐 발전이 이루어진 경제 시스템 하에서는 그동안 돌아보지 못했던 정신 또는 문화적인 측면에 관심을 갖게 되는 것이다. 먹고사는 것이 해결되면 좀 더 고차원적인 감성으로의 이동, 만족 추구를 위한 방향으로의 선회는 필연적인 것이다. 이러한 시대에 도달한 작금의 한국 사회에서는 예술인들의 창작과 문화의 저변 확대를 통해 할 일들이 많아짐을 의미하는 것이다. 경제 발전의 틀만을 강조하며 바쁘게 살아온 우리 사회가 뒤로 돌려놓아야만 했던 감성과 문화적인 측면을 다시 전면으로 끌어내 한 단계 높은 단계의 사회로 진입하는 과정이 우리 눈앞에 도래한 것이다.

상품을 제조하기만 하면 팔리던 시대에는 기업들은 크게 고민하지 않고 상품을 제조하면 되었다. 사회의 전반적인 발전에 따라 제품의 질은 평준화가 되었고 성능의 차이로 어필할 수 있는 단계의 의미가 퇴색되었다. 바야흐로 상품에 문화적인 요소들을 가미하여 고급스런 이미지를 결합하여야만 되는 시대가 도래한 것이다. 이제 기업은 기능을 강조하여 판매하던 상품의 이미지에 더하여 구매자들에게 만족이라는 대명제를 향해 진행되는 시대를 맞은 것이다. 그저 기능만 강조하던 제품에 환경과 문화 친화적인, 나아가서는 사람과 의사소통이 이루어지는 단계에까지 발전을 해야 하는 첨단을 걸어야 한다.

인문학이 뒷전으로 밀려나고 하드웨어적인 기술적 측면만 강조되던 시대를 거쳐 온 기업에서는 기술적 측면에 철학을 가미하여 발전의 한계를 극복하려는 노력을 하고 있다. 이러한 단계에서 기업이 살아남기 위한 탈출구로 삼은 것이 인문학이다. 아이러니컬하게도 대학에서조차 퇴출되다시피 한 인문학이 기업에 의해 전면에 나서기 시작한 것이다. 먹고살기에만 급급했던 시대가 고급의 시대, 고품격의 기업 이미지화를 진행하기 위해 인문학으로 선회하며 하이테크놀로지에 고감성을 자극해야만 하는, 한 발 앞서야만 살아남는 치열한 경제 주체들의 보이지 않는 이미지 전쟁의 시대에 예술인들이 해야 할 일들이 중차대해지고 있다.

기술의 차이를 별로 느낄 수 없는 기술의 보편화 단계, 기술의 공유 단계를 뛰어넘어 살아남아야 하는 기업에서는 감성과 이미지를 통해 스스로 차별화시키는 고품격의 전략으로 승부를 하는 시대가 온 것이다. 인문학이 전면에 나서 기업의 미래를 이끌어 갈 성장 동력으로 변화되는 시기는 예술인들의 창작이 한몫하는 시기가 도래되었음을 의미한다.

일명 차축 시대(칼 야스퍼스)라 하는 B.C 8세기에서 B.C 2세기 사이에 철학적인 사고의 발전이 크게 이루어졌다. 동서양을 막론하고 이 시기에 세계적인 철학자들이 활발한 활동을 했다. 서양의 아리스토텔레스, 플라톤, 소크라테스 등과 동양의 석가, 공자, 노자, 장자, 맹자 등의 걸출한 인물들이 활동을 하면서 인간 사고의 틀에 획기적인 발전을 이룬 것이다. 이때의 사상들이 누천년을 전승되면서 도구로써의 사람, 신에 예속되었던 사람의 생각들을 인간 자존을 향한 인문학, 또는 철학의 사상 체계를 이루었다는 생각을 갖게 된다. 철학의 거장들이 살던 그 시대에는 약육강식이 자리를 잡고 있었고 사람의 목숨을 그리 중시하지 않던 전쟁이 많았던 시대였다. 시대적 반발 속에 인간 생명의 소중함을 강조하는 인류의 희망이 태동한 것이다. 그들 철학자들의 생각 속에 뿌리 깊은 인간 존중의 사상이 근본이 되어 더욱 발전을 가한 인문학이 이제는 과학 발전의 궁극에 이르러 인류 사회의 희망이 되고 있는 것이다. 인문학의 기저에 있는 인간 존중의 삶을 과학에 접목함으로써 보다 따뜻한 세상으로의 미래 진로를 과학 및 그 과학을 매개체로 삼는 기업체에 제공하는 역설이 성립되고 있는 것이다.

사람의 생각은 과거나 지금이나 큰 차이는 없을 것 같다. 살아가는 방법에 관하여 좀 더 의미 있는 삶을 영위하기 위해서 우리가 해야 할 일이 무엇인가에 대해 생각했던 것은 과거나 지금이나 동일한 사람들의 고민이었던 것이라 생각한다. 사람 중심의 생활에 과학 자체나, 과학을 접목한 상품들이 도움이 될 수 있는 길을 찾고자 하는 기업들의 방향성에 의해 잊혀져 가던 인문학은 다시 세상의 중심으로 떠오르게 된 것이다. 삶의 편익에 대하여 감성을 터치함으로써 우리가 궁극으로 고품격의 삶으로 향하기 위해 기업이 먼저 움직이고 있는 것이다. 이윤과 기업의 생존에 촉각을 곤두세워야 하는 치열한 경제 주체들이 앞다투어 인문학으로 생존의 길을 선택한 것들을 보며 정작 순수문학을 하는 문학인들은 앞으로의 활동에 대한 방향에 대해 깊이 생각을 해 봐야 할 시기가 된 것이다.

되돌아본 문학

어제는 전주 한옥마을을 다녀왔다. 전주 한옥마을 근처의 도로에서 성당을 끼고 돌면 경기전(慶基殿)이 나오는데, 그 앞의 도로가에 한옥들이 즐비하여 21세기 현대에서 길 하나 차이로 조선 시대로 이동한 듯 자동차들이 다니는 현대와 과거가 공존하는 지역이다. 서울의 웬만한 고궁 규모의 경기전이 눈에 띤다. 경기전은 이성계의 어진이 모셔진 곳이다.

어용전(御容殿)은 태종 10년(1410년)에 완산, 계림, 평양에 건물을 짓고 태조의 영정을 모신 곳으로 세종 24년(1442년)부터 지역마다 이름을 달리 불렀다고 한다. 경기전은 전주에 있던 어용전을 가리키는데 선조 31년(1598년) 정유재란 때 불에 타버린 것을 광해군 6년(1614년)에 고쳐 지었다고 한다. 건물 구성은 중심 건물과 부속 건물, 문으로 나뉘어 있으며 제사 기능을 가진 건축물의 특성을 잘 따르고 있다. 지금 이곳에 모신 태조의 영정(초상화)은 세종 24년(1442년)에 그린 것을 고종 9년(1872년)에 고쳐 그린 것이라 한다.

경기전에 들어서니, 아름드리나무들이 가을빛에 화려한 단풍으로 나를 맞이한다. 특히 엄청난 크기의 은행나무에 노란 잎들이 햇빛을 받아 발광체처럼 빛나고 있어 주변이 온통 노란색으로 덮인 것처럼 보였다. 어느 곳에서도 이렇게 노란 은행잎을 본 적이 없다는 생각이 들었다. 경기전 규모의 방대함에 놀라고 이곳저곳을 구경하면서 어진이 모셔진 곳까지 걸어갔다. 마치 왕을 모시듯 관리를 하여 지금까지 그 건물들의 관리가 잘되어 있었다. 이성계의 어진을 모시고 제사를 지내기 위한 부속 건물의 규모를 생각하면 전제 왕권 시대의 임금의 위세가 어떠했을지 상상이 되었다. 태조 이성계의 어진을 보니 내가 잘 알지도 못하는 역사 속으로 들어와 있는 기분이다. 이곳에는 조선의 양반들이 살던 모습이 모두 갖춰져 있고 가을 단풍이 아름다웠다. 건물 하나하나가 아름답고 가을 햇살을 받아 내는 기와의 규모와 목조건물의 웅장함에 새삼 한옥의 위대함을 깨닫는다. 주변의 전주 사람들은 휴식처로 이용하는지 많은 사람들이 곳곳에 편안히 앉아 있었다.

경기전을 나와 5분 정도 걸어 돌아가면 최명희 문학관이 나온다. 전시용 유리를 통해 본 내부에는 잉크를 찍어 펜으로 쓴 작가의 흔적인 누렇게 빛바랜 원고지가 쌓여 있었다. 달필에 차곡차곡 쌓여 있던 원고지와 발자취가 지금도 다시 달려가 보고 싶을 정도로 인상 깊었다. 지금은 옛이야기가 된 펜글씨, 그 많은 원고지에 한 글자 한 글자 채워 나갔을 작가의 모습이 눈앞에 앉아 있는 것 같았다. 변변한 냉난방 시설이 없었을 그 시기에 키 낮은 책상을 앞에 놓고 온 정신을 집중하여 한 페이지 한 페이지를 써 나갔을 것이다. 그 많은 양의 원고가 채워져 탈고할 때는 전신의 힘이 모두 배출되어 허탈했을 그 마음에 뿌듯한 보람이 대신 자리했을 작가의 모습을 상상해 본다.

세월의 흐름을 뚫고 나와 잉크의 냄새가 원고지 냄새와 어우러져 내 콧속으로 스미는 것 같았다. 컴퓨터가 없던 시대에 글을 쓴다는 것은 일일이 펜에 힘을 주고 쓰고 또 쓰는 작업의 연속이었을 것이다. 오죽하면 그 당시에 글을 쓰던 사람들에게는 '펜혹'(펜을 잡았던 손가락에 굳은살이 박여 혹처럼 된)이라는 말이 있었을까 짐작이 간다. 물론, 컴퓨터를 사용하여 글을 쓰는 것도 손가락을 사용함으로써 손등에서 팔로 연결되는 근육들에게 과도한 부하가 걸리는 작업임에 틀림없다. 예나 지금이나 글을 쓴다는 것은 쉬운 일이 아님이 분명하다. 육체적인 부분뿐만 아니라 정신을 집중하는 일이므로 정신노동에 육체노동이 더해진 무척 힘든 작업이다. 최명희 문학관에는 이문재 시인의 「메별」

(섭섭히 헤어짐)이란 시가 문학관 왼쪽에 쓰여 있었다. 내로라하는 작가들의 글은 생각지도 않은 장소에서 사람들을 반갑게 맞아 준다. 동문 행사에 가면 뵙곤 하던 이문재 교수님의 글을 보니 반가움이 배가 되었다.

최명희라는 작가의 흔적을 보고 내가 갑자기 작아지고 작아졌다. 지성이면 감천이라는 말처럼 작가의 정신과 혼이 들어간 글이 감동을 일으킨다면 글 쓰는 사람들의 자세가 어떠해야 할 것이라는 방향은 선 것이다. 이런 마음을 갖기 위해 나는 가끔 유명한 문학인들을 기리기 위해 세워진 문학관을 들르며 흐트러진 내 자세를 바로잡곤 한다. 치열하게 글을 쓴다는 말, 혼신의 힘을 다해 글을 썼을 때 작가의 정신과 땀이 흠뻑 묻어나는 글을 읽을 때라야 독자들은 작가가 원하는 세계에 들어와 감동하는 것이란 생각이 들었다.

아름다운 가을에 나는 새로운 나를 발견한다. 아직은 이름 없는 시인이고, 그리 뛰어난 글을 쓰지 못했지만, 치열한 노력을 경주하여 미래의 어느 날 글쓰기에 최선을 다한 한 사람이었다는 말을 듣고 싶다. 문학계의 미미한 존재이지만 노력하고 또 노력하면 언젠가 대작가의 반열에 오를 수 있지 않을까라는 놓을 수 없는 희망이 생겼다. 그리고 재도전을 꿈꾼다. 문학관에서 나와 자판기에서 커피를 한 잔 뽑아 들고 주변의 경관을 다시 돌아보았다. 아름다운 한옥들이 과거를 고스란히 보존하며 나를 고즈넉이 내려다보고 있었다. 오늘 경기전을 보고 최명희 문학관을 돌아본 후 나머지 한옥마을의 정경이 다음에 다시 오라고 손짓하는 것을 보았다. 다음을 마음속으로 기약하며 아쉬움을 내려놓고 대진으로 발길을 돌렸다.

대둔산

어머니 품속같이 든든하고 아늑한 곳이라는 대둔산을 다녀왔다. 바쁜 직업을 가진 남편 때문에 늘 마음에만 두고 있던 곳인데, 대전에서 가까운 거리에 위치해 있어 남편의 짧은 휴가를 이용해 쉽게 다녀올 수 있었다. 대전 외곽 동쪽에 자리한 우리 마을에서는 시내를 통과하지 않고 금산을 향하는 국도에 쉽게 접어들 수 있다. 한여름 더위를 잊으려 발 담그고 투망을 던지던 대전천은 가을빛에 물들어 있었다. 내가 살던 마을에서 약 이십 분 정도 대전을 벗어나다 보면 대전과 금산을 경계 하는 추부터널이 나오는데 터널 바로 전 오른쪽에 숲 속의 쉼터(만인산 휴게소)가 있다. 만인산은 청소년 야영 시설이 있고 등산 코스로도 좋은 곳이다. 또 주말 짧은 시간을 이용해 삼림욕하기에도 좋다. 휴게소는 사방이 산이라 눈 오는 겨울에는 차 한 잔이 생각나고 벚꽃 피는 봄에는 야경이 좋다. 오늘은 좀 서운하지만 그냥 지나쳐 대둔산으로 향했다.

추부터널을 지나 시골 경지에 섞어 사십 분 가량 달리다 보면 멀리 바위산이 우뚝 솟아 있는데 첫눈에 대둔산이라는 것을 알 수 있었다. 대둔산은 전북 완주군 운주면과 충남 금산군 벌곡면, 금산군 진산면 사이에 위치한 878m의 노령산맥의 일부로 소나무, 개비자나무, 상수리나무가 무성하고 600m 위로는 낙엽활엽수가 울창하다. '인적이 드문 벽산 두메산골의 험준하고 큰 산봉우리'라는 뜻을 가진 대둔산, 우뚝 솟은 모습이 든든해 보였다. 차가 산 가까이 갈수록 높고 바위가 미끄러워 보여 정상까지 오를 수 있을지 걱정이 앞섰다. 주차장 옆에는 가을걷이를 마친 아낙네들이 농산물 몇 가지를 팔고 있었는데 겹겹이 산 중인지라 여행객들과는 다르게 반갑고 정겨웠다.

나처럼 겁이 많은 등반객들을 위하여 산 중턱까지 케이블카가 준비되어 있었다. 케이블카를 타고 산 중턱까지 오르는 동안 나무보다 바위가 더 많아서인지 아슬아슬하게 느껴졌다. 케이블카 위로는 127개의 계단으로 이루어진 삼선계단의 철사다리가 정상까지 이어져 험준한 바위산을 쉽게 오를 수 있었다. 돌계단으로 되어 있거나 철사다리가 연결되어 있어 다른 산행보다는 조심스럽기도 하고, 바위 사이를 비집고 자라는 나무들이 대견스러워 보이기도 했다. 임금바위와 입석대를 연결하는 금강 구름다리(높이 70m, 길이 50m)에 도착하니 발아래 경치 또한 장관이었다. 경사가 심한 바위산이라 계단 하나하나를 조심스럽게 밟고 올라가는 사람들의 뒷모습은 기둥을 타고 오르는 개미처럼 보였다. 산 정상에 올라 아래를 바라보니 머리가 약간 어지럽기는 했으나 부러울 것이 없고 나 자신이 대견스러웠다.

대둔산의 전라북도 쪽은 기암절벽, 충청남도 쪽은 숲과 계곡이 아름다워 도립공원으로 지정되어 있다. 전라북도 쪽에는 안심사의 석종계단(石鐘戒壇)과 부도전중건비(浮屠殿重建碑), 약사, 운주사 등 사찰이 있고, 충청남도 쪽에는 낙조대가 있는데 일몰이 장관이라 한다. 산 주변에는 달이산성, 성봉산성, 농성 등 성터와 백제 시대의 고분군, 고인돌 군이 있으며 특산물로는 곶감, 인삼, 참깨, 오골계 등이 유명하다. 산 동쪽 2km 지점에 위치한 배티재는 완주군 곰치재와 함께 임진왜란 때 완주 목사 권율이 큰 승리를 거둔 곳이라 한다. 버티고 서 있는 바위의 웅장함에 기대어 승리의 함성과 역사 속에 묻혀 버린 사찰들의 아쉬운 기억들이 잠들어 있었다.

비가 내리기 시작했다. 가을 산을 배경으로 내리는 차가운 빗줄기가 더욱 선명해 보이고 지난겨울 돌아가신 아버지 생각이 났다. 외롭고 춥지는 않으신지……. 스산한 분위기에 너무 멀리 온 것 같아 갑자기 따뜻한 집이 그리워져 서둘러 독곡천을 따라 대전으로 행했다. 험준한 산봉우리는 말없이 우리를 내려다보며 내일의 희망을 보내고 있었다. 독곡천 주변에는 간간이 외딴집이 보였고 밭이 끝없이 이어져 있었으나, 추수를 하고 난 후라서 뿌리들이 허옇게 몸을 드러내고 있었다. 독곡천 건너 외로이 있는 집들을 위해 놓여진 긴 다리가 작은 부분도 소홀하지 않도록 배려한 것처럼 느껴져 아름다웠다.